Heinrich Kühl

zum Geburtstag

mit allen guten Wünschen

überreicht

Frankfurt Main 9.10.29

Alois [illegible]

[illegible]

Walter [illegible]

Otto F. Walter

Wie wird Beton zu Gras

Fast eine Liebesgeschichte

Rowohlt

1. Auflage August 1979

Umschlagentwurf Berndt Höppner
Gesamtherstellung Clausen & Bosse, Leck
Printed in Germany
ISBN 3 498 07287 0

Für Dominique

Der Titel dieses Buchs stützt sich auf eine Verszeile aus dem Lied «In Gösge schtoht e-n-AKW» von Ernst Born. Sie lautet im schweizerdeutschen Original: Wie gits us Beton widr Gras?

Er setzte hinzu, ob das wohl menschlich wäre?
Kleist, Michael Kohlhaas

I

Von einer sehr jungen Frau, fast Kind noch, müßte die Rede sein, von ihren beiden Brüdern, von ihrer Art zu lieben und wie die umschlägt in Zorn; außerdem von einem für Jahre und Jahre abgesoffenen Panzer, diesem großen, von Rost halb zerfressenen und jetzt aber Brombeerschlingen hinter sich herschleifenden Raupen-Getüm, und wie es von ihr, von Esther, assistiert von Koni, aus dem Unterholz herausgesteuert wird, vorsichtig zunächst heraus ins Offene und dann aber quer durch ein Stück Schweiz, unwahrscheinlich, ungeheuerlich, mitten im Vormittag.

Aber Liebesgeschichten fangen anders an. Wie ich mir Esther denke, ist sie noch nicht einmal achtzehn Jahre, ziemlich langgewachsen, Ponyfrisur, braunblond, braune Augen. Unter den allmählich Tausenden, die am 2. Juni 1977 in den Parkanlagen hinter der Friedenskirche in Olten auf den Abmarsch warteten, fiel sie als besonders hübsch nicht auf. Auch von ihrer Courage oder ihrem schon fast tödlichen Sinn für Übereinstimmung zwischen Anspruch und Wirklichkeit hätte es, wie sie da mit ihrem quasi Freund Aschi unter nur wenig Älteren am Boden hockte, den Transistor neben sich, natürlich kaum etwas zu entdecken gegeben. Sie trug, wie die meisten Leute hier, über die Jeans eine offene Windjacke. Es hatte geheißen, zum Schutz gegen das Tränengas sollten Handschuhe, Halstücher, verwendbar auch als Gesichtsmaske, mitgebracht werden. Auch an die Mitnahme von Schlafsäcken, von Verpflegung solle man denken.

Esther machte zum erstenmal so etwas mit. Daß es ihr da um Atomkraftwerke oder überhaupt um Politisches besonders gegangen wäre, – ach nein, sie war hergekommen, weil sie Samstagabende zu Hause haßte, weil Aschi sie angetörnt hatte, weil eine Demo, jedenfalls in den Augen Karls, ihres Vaters, etwas Ungehöriges war und weil man annehmen durfte, im Verlauf des Nachmittags und des Abends, der Nacht, des Vormittags morgen wäre da noch einiges los. Es hieß, über zwölfhundert Polizisten seien in der Nähe des A-Werk-Geländes zusammengezogen worden.

Daß das so heiter beginnen könnte, hatte Esther gewiß nicht erwartet, so farbig, mit soviel Lachen aus allen Ecken und Enden des riesigen Parkgeländes, mit dieser Musik aus den Transistoren und Gitarren; mit soviel Zurufen hin- und herüber, mit Winken und Umarmungen und Hei-Rufen, wenn die Trupps mit ihren Rucksäcken und gerollten Zeltblachen eintrafen aus Zürich und Basel und Lausanne, nochimmer, noch mehr. Dazu die Ausrufer, die Zeitungs- und Flugblattverteilerinnen, die Leute von der Organisation, oder ab und zu Sprüche aus dem Lautsprecherwagen wie: Ans Telefon bitte Hern Brown-Boveri.

Zu heiter? Weil vielleicht doch hinter und unter allem hier eine Spur von Erwartung zu spüren war, die hätte herrühren können von den weggedrängten Gedanken an Schlagstöcke, an behelmte Köpfe mit Kunststoffvisieren davor, an Tränengasgranaten und Wasserwerfer? Ihrem, Esthers, Gesicht allerdings hätte man keinerlei Unruhe angesehen; die Knie angewinkelt, hockte sie da, geduldig; sie schaute friedlich in die Gegend, überflog den Text eines Flugblatts, lächelte, wenn einer oder eine von der Berufsschule oder aus ihrem Dorf vorbeikam. Sie lehnte sich mit dem Rücken an Aschis Oberarm. Als sie Koni entdeckte, hob sie die Hand, und wie er heran war, fragte sie, ob er Nik gesehen habe.

Koni schaute zum Lautsprecherwagen mitten auf der Parkwiese. Eben noch habe Nik dort gestanden. Koni ging dann weiter. Er kickte mit dem rechten Fuß einen leeren Papierbecher hinter seinem linken Absatz durch zur Seite. Esther mußte ein wenig lachen, als er plötzlich, schon zwölf Meter von ihr entfernt, den Handstand machte, ein bißchen auf den Händen weiterging, dann wieder weiter auf den Füßen, und ihr fiel auf, daß der Kleine eigentlich doch schon fast wie ein wenn auch schmaler Erwachsener aussah. Ihr Bruder Koni war ein Jahr jünger als sie. Er war in allen diesen Jahren der einzige gewesen, mit dem sie immer alles, fast alles bereden konnte. Mit Nik war das anders. Er war viel älter, immerhin vierundzwanzig; sie spürte, daß Nik sich nicht allein von zu Hause entfernt hatte. Er war auch ihr und Koni ein wenig abhanden gekommen. Er lebte längst mit seiner Monika zusammen in der Stadt. Nik beunruhigte sie, irgendwie.

Von der Kirche schlug's vier herüber. Eine neue, merkwürdig sanfte Stimme begrüßte jetzt die Bürgerinnen und Genossen, die Genossinnen und Bürger namens des Organisationskomitees: Ein großartiger Erfolg, weit über sechstausend, und: nein, sie seien keine Maschinenstürmer, aber die Macht sei verrutscht, aus dem Parlament in die Chefetagen der Großkonzerne, und: Wahnsinnsfahrt in die Zukunft, und: jetzt, hier, sie, die Teilnehmer an dieser Demonstration gegen das A-Werk Gösgen, sie seien keine Extremisten, sie seien das Volk, und: jetzt, hier, lege das Volk selbst sein Veto ein, und: Alle Macht endlich dem Volke! Während alles klatschte und Bravo! rief und Richtig!, während alles dann aufstand, fragte Esther Aschi, was das eigentlich bedeutet: Veto des Volkes. Aber jemand erklärte am Lautsprecher jetzt, er sei André, und das Schweizerische Aktionskomitee schlägt Ihnen nun also vor die Besetzung der drei

Zufahrtsstraßen zum A-Werk. Vorgesehen sei, für morgen Vormittag, symbolisch Barrikaden zu errichten, aus Holzstangen, Kisten und Fässern, und zwar je eine Barrikade in den drei Unterführungen in den Dörfern Dulliken und Däniken. Diese Aktionen seien gewaltlos, seien unbefristet; mit dem Eingreifen der Polizei allerdings sei möglicherweise zu rechnen. Vorgeschlagen werde für heute, daß sie alle jetzt gemeinsam zu den Unterführungen und drüber hinaus vor das A-Werk Gösgen zu einer Kundgebung vorgingen, in drei Kolonnen. Wer diesem Plan zustimme, erhebe die Hand.

Halt! Einer schrie über die Köpfe. Esther sah vier, fünf Rockergestalten auf einer der Sitzbänke drüben an der Straße stehen. Halt, – ihr spinnt ja! Freunde, Genossen, sollen wir uns die Schädel einschlagen lassen? Schlagstöcke! Molotows her, wehrt euch, Angriff ist die beste Verteidigung, wir scheißen auf diese ewige Gewaltlosigkeit! Wer dafür ist: Hand hoch!

Für eine Sekunde war's still. Fünf, vielleicht sieben Hände tauchten auf und langsam wieder zurück, während schon Andrés Stimme laut wieder einfiel: Wer also stimmt unserem gewaltlosen Plan zu? Die Hände gingen hoch. Gegenmehr? Wieder nur die Stille, wieder nur diese Tausende von Köpfen, die sich umschauten. Drei der Rocker auf der Bank mit der erhobenen Rechten, das war alles. Esther fand's eigentlich doch ganz schön tapfer von denen. André rief: Also ohne Gewalt, haben das jetzt alle kapiert? Dieses Gefühl dann, als man hinüber zur Straße ging, bei etwas Wichtigem dabei zu sein.

Sie erreichten die Straße, da war ein Gedränge. Jemand sagte, weißt du, wie Plutonium riecht?

Jemand sagte: Aufschließen, zusammenschließen, und auf den Balkonen über der Straße standen die Bewohner mit Schirmen, sie winkten herunter, sie ließen Plastikfetzen als Regenschutz heruntersegeln, und Esther merkte erst jetzt, daß wieder der Sprühregen fiel.

Lieber aktiv und rot als radioaktiv und tot.

Hoch über dem Quartier stand ein weißer Hubschrauber.

Wer hat hier wieder seine Maschinenpistole liegen gelassen. Wie Esther doch lachen konnte. Aber in der Gruppe, in die sie mit Aschi jetzt geraten war, sagte einer: Bin ganz schön neugierig, ob die von der Organisation das Ganze hier wirklich im Griff haben können. Wenn ich das schon höre, sagte Aschi: Hier hat niemand jemand im Griff, ob dir das noch nicht aufgegangen ist? Und jemand weiter drüben: Arsch loch! Für einen Augenblick roch's nach Schlägerei. Hört jetzt doch auf! Aber der Ältere mit seinen Bedenken machte keinen überzeugten Eindruck. Man wird ja sehen.

Da begannen sie hinten zu singen, wehrt euch, leistet Widerstand, überall waren, als der Zug sich in Bewegung setzte, Transparente, «Gegen die Energiemonopole: Dezentralisation», immer mehr Leute sangen, Esther konnte den Text noch nicht, aber als dann von der Mitte des Zugs aus dem Lautsprecherwagen die Musik kam mit der Stimme von Ärnscht Born: «Z'Gösge stoht es AKW», begann sie mitzusingen, das war gut, mit soviel Leuten, soviel lustigen und guten Leuten von überallher hier zu gehen und zu singen: «Wie gets us Beton weder Gras?» Und auf einmal war dann auch Nik neben ihr, mit seinem Rucksack und seinen zu großen Schuhen. Hei, Esther, sagte er. Er drückte, ganz heimlich, wie sie da kurz nebeneinander hergingen, ihr Handgelenk. Esther hatte auf einmal ein bißchen brennende Augen.

Vielleicht ist Liebesgeschichte ja auch wirklich zuviel gesagt. Jedenfalls vorerst auch das Warten beschreiben und wie sie da im kilometerlangen Zug weitergehen, und auch den Polizeihelikopter, wie er wieder herankam und ein paar hundert Meter über den Tausenden von Köpfen stehen blieb und wahrscheinlich über Funk an die Zentrale durchgab: Gliederung des Zugs: drei sehr undiszipliniert dahinschlendernde Haufen hintereinander, je etwa zweitausend Männer und Frauen; Art der technischen Mittel: Handfunkgeräte, ein Lautsprecherwagen, ein VW-Bus am Schluß, vermutlich die Leute vom Samariterverein, außerdem: vier Megaphone; oder: wie die Spitze des Zugs die Höhe des Bahnhofs Dulliken passiert, und daß sie nicht auf die Unterführung zusteuert, vielmehr gradeaus weiter, auf und neben der Hauptstraße noch immer weiter jetzt auf das Dorf Däniken zu. Dito Kolonne zwo. Keine besonderen Vorkommnisse. Der Regen hat aufgehört. Ja, beobachten weiter. Verstanden. Nicht verstanden. Bär, Bär, von Bussard antworten. Lage um 18 Uhr 06: Mehrere hundert Personen schließen sich vom Bahnhofsgelände aus der dritten Kolonne an. Deren Spitze verläßt die Hauptstraße in Richtung Unterführung. Usw.

Und aber: Gottver! Schaut doch, dort drüben, – siehst Du? Das ist ja – also das soll jetzt der Kühlturm sein – das ist ja total verschütt, die sind ja wirklich hinüber! Über die Häuser, über die Obstgärten, über die Waldstücke weg stand der Turm, was heißt Turm, von der Erde weiß in die Wolken hinauf, breit und schmäler und wieder breit stand er in der, über der ganzen Gegend. Nein. Das hatte auch Esther weißgott nicht geglaubt, – im Fernsehen, gut, aber hier jetzt, der war ja in der Wirklichkeit siebenmal größer, siebenmalsieben. Aus Beton und weiß und total hinüber.

Esther und Nik hatten Koni überredet, um halb zwölf nach Hause schlafen zu gehen. Klar, der Vater durfte nicht wissen, daß sie alle drei hier waren; daß Koni nachts einfach wegbliebe, das gäbe trouble, gut gut, das sah Koni ein. Und Esther hatte sich vorgestellt, sie schlafe bei Margrit; daran hatten die Mutter und mürrisch auch Karl sich allmählich gewöhnt, daß sie so etwa einmal die Woche in Olten bei Margrit blieb. Hunderte kleiner Feuer dann, und wie sie inmitten der Drumherumhockenden allmählich zu dunkler Glut verkohlten. Esther mit Aschi zusammen, unter den vielleicht fünfzehn zwanzig Leuten. Deren Gesichter, wenn sie, im Widerschein vom aufflackernden Feuer her, leuchteten. Esther kannte sie nicht. Dennoch waren sie ihr nicht fremd, überhaupt nicht fremd. Sie war wahrscheinlich die Jüngste hier; fast alles Leute zwischen zwanzig und geschätzt fünfunddreißig, und noch Ältere waren auch da. Nein, fremd doch nicht. Vielmehr vertraut, als kennten alle sich lange. Sie hörte, wie eine Frauenstimme in die Runde herein sagte: Geht's euch nicht auch so? Eigentlich komisch. Da kommen wir aus allen Landesgegenden hierher. Man kennt sich nicht. Aber man redet zusammen. Beschließt alles gemeinsam, ohne Chefs, ohne Anführer geht das alles. Höchstens ein paar Ausführer müssen ein wenig koordinieren und – es funktioniert!

Ja, du, mein' ich auch. Ein Älterer, der Stimme nach zu vermuten: Und erst noch: wie alle hier mit allen umgingen, den ganzen Tag schon sei's ihm aufgefallen, – als wären sie Freunde, alle zusammen, Schwestern und Brüder, endlich. Ja, erstaunlich. Er sagte, endlich das Neue, nicht?

Für eine Weile wieder Schweigen. Ein Flasche Chianti wurde weitergereicht. Ein leichter Knall aus dem Feuer, Funken stoben. Esther spürte die Wärme von Aschis Oberkörper, von seinem Arm über ihren Schultern. Das Neue? Eigentlich so neu für sie nicht. Eigentlich, im Grund, war sie immer sicher gewesen, so wie hier werde Leben, werde Zusammenleben einmal sein, so, selbstverständlich. Noch sicher. Wirklich? Läßt sich das so hinschreiben? Läßt sich so schreiben, von einem Schreiber, der über diese noch nicht achtzehnjährige Frau und deren Verstehen vielleicht nur anmaßend hinausschreibt? Und behauptet: Wohl klar, daß Esthers Gewißheit fast Tag für Tag ein bißchen ramponiert, ein bißchen beschädigt und fast Jahr um Jahr mindestens einmal halbiert und halbiert wurde und noch? So sehr, daß von der Gewißheit vielleicht wirklich nur noch der Kern übriggeblieben war, Kern, oder Hoffnung und Urwunsch in ihr. Dieser Wunsch auf das selbstverständliche

Verschmelzen mit den Leuten und der Welt um sie her. Neu? Soweit neu wohl doch, als sie hier zum erstenmal auch unter vielen Leuten erfuhr: es gab das, es war da.

Das Schweigen ringsum war Einverständnis. Und wenn das das Neue ist, sagte jemand, und es ist's, dann sind diese Polizeikordons und diese Wasserwerfer und Tränengasgranaten und Gummiknüppel vom frühen Abend heute das Alte, das Uralte. Und wieder eine Frau: Und die Interessen, die dahinter stehn, sind's auch. Und wieder einer: Ja, das Neue.

Aber die Macht, die Chefs, die Führer, und ihre Polizei, sind stärker.

Die Frau sagte: Noch.

Und Aschi jetzt: Wären wir hier hundert- oder zweihunderttausend, ich bin fast sicher, die krebsten zurück. Komisch. Einfach die Zahl, die große Zahl. Was jetzt verboten ist, – schon gälte es als legal.

Das, genau, dieses Denken in großen Zahlen gehört auch zum Alten. Die mit der Macht verstehen doch nur, was sie schon kennen. Wir werden uns noch ganz schön anstrengen müssen. Das Neue kommt nur und setzt sich für alle durch, wenn wir seinem Kommen nachhelfen.

Noch mal die Frau: Wenn wir es praktizieren. Wenn wir die Sprache finden dafür. Aktionen. So wie hier. Zeichen überall, eine Sprache durch Zeichen, die alle verstehen. Überall.

Die mit der Macht verstehen nur, was sie schon kennen. Esther versuchte, den Satz zu verstehen. Aber sie spürte auch, wie müde sie jetzt war. Eine Sprache finden, dachte sie, aus Zeichen für das Neue. Sie ärgerte sich, sie hätte noch weiter reden wollen, sie hätte wissen wollen, was die Frau mit der Sprache aus Aktionen und Zeichen wirklich meinte. Sie ärgerte sich, daß sie merkte, die Augen begannen ihr zuzugehen. Da und dort ging vielleicht noch eine Wein- oder Schnapsflasche von Mund zu Mund, dann waren auch die letzten Tropfen geleert, die Gespräche, die Späße verstummt, die Gitarren hingen, von der feuchten Kühle verstimmt, am nächstbesten Baum. Warte nur, balde, bella ciao, bella ciao, Dört ähne am Bärgli im Truëb, und bring back, bring back my bonny to me. Aber Esther also. Jetzt noch zu Fuß nach Olten zurück, vier fünf Kilometer?

Aschi hatte sie überreden wollen, mit ihm bis nach Däniken hinüberzugehen und zu schauen, ob man da irgendwo bei einem Bauern oder notfalls in einem Keller unterkäme. Sie, sagte Esther, schlafe hier einfach im Gras. Das wollten andere auch. Aschi ging, mit etwa zehn Leuten. Wenn ich was finde, komm ich dich holen. Ja, gut, ist nicht so wichtig, schon ist halbzwei, um vier wird's hell. Sie war müde. Und aber da drüben dieser Kühlturm. Weiß und aus Beton. Eigentlich einfach hinüber.

2

Stimmt schon, nur grad ganz nah am erloschenen Feuer war das Gras nicht mehr naß. Jemand zündete ihr mit der Taschenlampe voll ins Gesicht. Sie wollte grad loslegen, als sie kapierte, das war Nik, und der sagte: Esthi, komm sei nicht blöd, doch hier nicht, in der Nässe, – drüben im Unterholz über dem Aareufer habe er einen guten Platz, und, notfalls, sein Schlafsack, und die Blache habe er auch noch, komm. Da ging sie mit. Als wär ein Leuchtkäferflugjahr, so sah's aus, wie da die Taschenlampen für ein paar Minuten noch hier im Unterholz, unter den hohen Buchen, von überallher blinkten, hin- und herzogen, erloschen, blinkten. Esther spürte, der Schlafsack nahm ihre Körperwärme langsam auf. Wenn sie die Augen aufmachte, sah sie undeutlich den einen von Niks großen Schuhen vor sich. Sie streckte die Hand aus. Sie spürte das feuchte Leder, dann Niks Schienbein zwischen Schaft und grobem Hosenstoff. Sie fuhr sacht mit den Fingerspitzen das Stück nackter Haut aufwärts und zurück; sowenig, soviel an Zärtlichkeit zwischen ihr und ihrem Bruder, das war doch erlaubt, auch jetzt noch. Dank, Nik, für den Schlafsack, und gute Nacht.

Nik, sie fühlte ihn mehr als daß sie ihn sah, hatte sich mit dem Rücken an die Buche gelehnt. Er hatte sich die Zeltblache um die Schultern gehängt; den Kopf nach hinten am Stamm, die Beine angewinkelt, so saß er da. Schlief er schon. Auf einmal spürte sie, wie das Bein unter ihrer Hand zitterte. Sie richtete sich auf. Du fröstelst ja. He, du, sie sprach so leise, als lägen sie beide noch, wie vor allen diesen Jahren, als Kinder zusammen unter der Decke und niemand dürfte sie hören, – du, Nik, das geht doch so nicht, – los, komm, hier in die Wärme, ich mach mich schmal, komm. Sie schüttelte fast energisch Niks Bein. Das ging doch nicht, daß er sich ihretwegen hier noch ein Fieber holte.

Dann lagen sie nebeneinander, ja, wie im Kinderzimmer vor noch zehn zwölf Jahren, Nik auf dem Rükken, Esthi ihm zugedreht, den rechten Arm unter seinem Nacken, den linken so, daß ihre Hand seine rechte Schulter hielt. Am Ohr spürte sie Niks warmes Hemdtuch. Das war gut, so, aneinandergekuschelt, die Augen geschlossen, zu liegen und Niks Herzschlag zu hören. Schon glitt sie hinüber. Für Sekunden waren noch mal diese Hunderte von Polizisten da, diese Helme, Visiere, die runden Schilder auf Brusthöhe. Esther war vorn in der dritten Kolonne bis auf die Straße gelangt, die zweihundert Meter weiter vorn ins Kraftwerkgelände mündet. Dorthin waren sie dann, immer ein wenig langsamer, vorgegangen, allmählich jetzt zehn und fünfzehn Leute nebeneinander. Fünfzig Meter vor der Polizei kam die Kolonne endgültig zum Stehen. André über den Lautsprecher: man werde hier warten. Warten hieß, das wußten alle, Warten auf die Kolonnen eins und zwei, die von rechts, von Däniken her übers Feld ebenfalls vorgingen, so, daß je aus Südwest, Süd und Südost eine der Kolonnen das Gelände ansteuerte. Man sah dann auch schon, wie die schwankenden Transparente über die gemähten Wiesen kamen.

Und aber dann diese fürchterliche Megaphonstimme von gegenüber. Hier spricht die Polizei. Achtung, Achtung. Die Zufahrtsstraße muß unverzüglich freigemacht werden. Widersetzen Sie sich unseren Anordnungen, so wird die Straße geräumt. Los, los, zurück! Dann: Die tief gestaffelte Phalanx setzte sich militärisch straff gegliedert in Marsch, frontal auf sie alle, wie sie da ein bißchen verzagt und überrascht zusammenrückten, zu. Sekundenlang hatte Esther diese Visiergesichter, die schnell größer wurden, vor sich, sekundenlang wieder und nochmal dieses Erschrecken, daß hier tatsächlich nun Regeln galten, auf die sich einzustellen sie unfähig war, Gewaltregeln, Männerregeln, darauf hatte niemand, hatte nichts sie je vorbereitet, das waren Regeln, gegen die rebellierte alles in ihr und dennoch hatte sie ihnen nichts entgegenzusetzen außer Angst und, ja, Verachtung und das Zittern von den Hüften herauf. Und Wut, mehr nicht. Wut, auch darüber, daß sie nicht anders konnte, als den Kopf zwischen die Schultern einziehen und sich wegwünschen, weg, von hier weg.

Sekundenlang noch. Dann schon Halbschlaf und Schlaf. Und wieder das Kindheitsgefühl, hier, Nik, kann uns beiden nichts passieren, Halbschlaf, Niks Herz, wie's pochte, was war nur los, und an den bloßen Füßen dies ganz leise Kitzeln, die Wärme rundum, und Gestreicheltwerden, Esther merkte so halb noch, daß sie lächeln mußte, ja, das tat gut, daß jemand ihren Fuß liebkoste, und diese Hand an der Brust zu spüren jetzt, das tat gut. Auch ihre Hand, nichts mehr in ihr kontrollierte das, streichelte über Niks Gesicht, seinen Hals, und das Herzpochen unterm rechten Ohr, das Pochen: das war ja ein Wirbel plötzlich, setzte aus, fiel wieder ein, jemand atmete heftig, – noch eh sie ganz wach war, nahm sie wahr, daß Nik sich aufgesetzt hatte. Steif fühlte er sich an. Sie hörte, wie er den Reißverschluß aufriß am Schlafsack, sie spürte, wie er schwer atmend sich schnell aus dem Sack zur Seite rollen ließ, wie er atemlos sagte, du, wir sind verrückt, – nein, du, und plötzlich Niks heiße Lippen auf der Wange, dem Mund, dann lag sie, nein, saß sie da, allein. Wie lange sie brauchte zu begreifen.

Mondlichtstreifen standen zwischen den Bäumen. Niks Gesicht, undeutlich zwei Meter weg, wieder an der Buche. Sie hörte, wie er sich die Blache wieder umhängte. Sie hörte, wie er «Verdammich» murmelte, und, weiter halblaut: er wollte es nicht, wirklich, du, wirklich nicht. Das schlug einfach um. Immer schlägt's um in dir, kaum, daß du Zärtlichkeit spürst. Ob sie verstand? Sie hatte gedacht, nur bei Aschi sei's so, sie wagte kaum mehr, Aschi zu streicheln. Schon gut, Nik, schlaf jetzt. Wahrscheinlich, jedenfalls möglich, Esther kam dann, wie sie wieder eingepackt dalag, nicht tiefer als in einen Halbschlaf, weil in ihrem Kopf das Herumdenken nicht aufhörte. Warum nur, warum oder woher das Umkippen in ihnen, warum war's in ihr anders und sie hätte doch Aschi oder Nik lange streicheln wollen und ihre Fingerspitzen überall spüren wollen, lange, immer, lange?

3

Nur mählich, erst am Morgen, schon rauchten große Milchkannen mit heißem Kaffee in der Gegend und sie und Nik standen in einer der Schlangen an, ging das Bohren aus ihrem Kopf weg. Wieder Warten dann, Herumstehen, Herumhocken in Gruppen. Jetzt kannten sich alle. Um zehn, hieß es von Gruppe zu Gruppe, besetzen die drei Kolonnen gleichzeitig die drei Zufahrten zum Gelände. Und: keine Gewalt. Weitergeben, um halbzehn Besammlung, vorn auf der Straße. Koni war plötzlich wieder neben ihr, er war mit seinem Velosolex bis Dulliken und herübergekommen. Nur ein kurzes Hin und Her mit der Mutter wegen der Kirche, Karl sei früh schon losgegangen, auf den Berg, wie immer, sonst gab's von zu Hause nichts Neues. Auch Aschi war wieder da, unter dem wieder bedeckten Himmel stand wieder der weiße Helikopter. Um elf werde vor und in den drei Unterführungen mit dem Bau der symbolischen Barrikaden begonnen.

Dazu kam's nicht. Kaum hatten sie von der Kolonne drei sich auf dem Weg und dann auf der Zufahrtsstraße besammelt, kam vom Werk her die Polizei-Phalanx wieder auf sie zu, Hunderte von Polizeiern, auch von links aus dem Gehölz am Aareufer kamen sie in ausgefächerter Formation übers Feld. Achtung, Achtung! Sie räumen jetzt unverzüglich das ganze Gelände! Zurück, zurück bis ins Dorf, hinter die Unterführung. Sie haben genau zehn Minuten Zeit. Warten. Gedränge um André, um Nik und die andern vom Komitee, Durcheinandergerede, Esther war auch dafür, daß sie alle sich hinsetzten, hier, auf und neben der Straße. Die sollen uns doch wegtragen, einzeln. Andere waren für Rückzug. Von Dreinschlagen war eigentlich überhaupt nicht die Rede, auch die Rocker von gestern schauten unruhig den immer noch langsam näherkommenden, tiefgestaffelten Polizeieinheiten entgegen. Ringsum begannen Leute, sich Halstücher als Gesichtsmasken vorzubinden, Handschuhe wurden angezogen. Einige hatten richtige Gasmasken mit. Noch zwei Minuten! Die Stimme im Megaphon überschlug sich. Hinten sah man kleine Trupps im Laufschritt in Richtung Dulliken abhauen. Angst, das spürte man, hatten jetzt alle. Vom Lautsprecherwagen kam Andrés Stimme. Darauf setzten alle sich hin. Die Polizeikordons kamen näher. Jetzt waren hinter den dunklen Visieren unter den Helmen Menschengesichter zu erkennen. Männergesichter.

Man müßte dabeigewesen sein. Man müßte den Schrecken und das erschreckte Staunen gespürt haben, als es zehn-, zwanzigmal dumpf knallte und als gleich darauf die ersten Tränengasgranaten vorn und in der Mitte und ringsum einschlugen. Und wie die zischten, als sie ihren Giftrauch ausstießen. Man müßte, um zu begreifen, gesehen haben, wie ein paar Leute ins Zentrum der dicken Schwaden tauchten und die Gummigeschosse herausholten, zurückwarfen, und das Husten ringsum, und wie der Rauch einen plötzlich in die Augen biß, und in der Kehle der Brechreiz, kein Wunder, daß einige schrien und zurückzulaufen begannen. Als vorn noch die Wasserwerfer, gepanzert, auffuhren und ihren schmalen Strahl herüberschossen, war's mit dem Sitzen endgültig vorbei. Alles zurück.

Fünfzig Polizisten stürmten von links in die Kolonnenmitte, zerrten die drei Leute aus dem Lautsprecherwagen, der hatte so schnell gar nicht wenden können. Esther merkte, daß sie mit vielen, vielen lief, sie hustete, sie keuchte und lief, tränende Augen nicht nur von diesem verdammten Gas. Wo der breite Weg durch die erste Häusergruppe von Dulliken gegen den langen Tunnel der Unterführung führt, kam der Rückzug ins Stocken. Sie sah Aschi nicht mehr. Kein Koni, kein Nik war mehr da. Sie setzte sich mit allen anderen wieder hin auf den Weg. Hier, zwischen den Häusern und Vorgärten, würden die's nicht wagen, nochmal mit dem Gas zu kommen. Da und dort Leute, die zur Seite wankten und sich erbrachen.

Zehn Minuten später schlugen auch hier die Tränengranaten ein. Wieder: weg, zurück da, nur weg. Sie flohen in Richtung Bahnhofsgelände, in Richtung der breiten Unterführung, da war vielleicht Schutz. Sie liefen, zwei-, dreitausend, sie hatten sich untergehakt, sie zogen einander mit, aber als Esther auf die Unterführung zu einbog, sah sie, daß dort unten, dort, wo sie hinliefen, alles schon überfüllt war. Von hinten drängten Hunderte, Hunderte nach, weiter, weiter. Noch immer Rauch, wieder. Jetzt flutete auch von rechts, vom Bahnhof her ein Demonstrantengewimmel zurück, auch die drängten auf die Unterführung zu. Stopprufe, halt, nicht da hinein! Esther nahm kaum mehr wahr, was sie hörte, – auch drüben, am Ausgang des Unterführungstunnels, waren schon Polizeikolonnen, schlugen Granaten ein. Wahnsinn. Das war längst nicht mehr nur Schutz eines A-Werk-Geländes durch Polizei. Das war Rache, das war die Strafexpedition einer Polizeimaschine, ferngesteuert von einer Macht, die keinen Menschennamen mehr hatte.

Das schaffen Worte nicht. Man müßte dabeigewesen sein, um zu spüren, wie einer oder eine in diesem Gedränge da unten am Eingang zum Tunnel vor Angst fast umkommt, – Angst, erdrückt, zertrampelt, erstickt zu werden. Oder die Angst sekundenlang, Koni könnte da oben mit den anderen im Tränenrauch auf die Geleise geraten sein und ein

Schnellzug wär plötzlich da. Bis Esther Nik neben sich auftauchen sah. Er riß, er zerrte sie nach links an die Böschungsmauer. Er drückte ihr Gesicht an seine Jacke. Sie hörte, wie er rief, nein brüllte: stopp, halt, nicht da hinein, alles hinauf, zurück, auf die Böschung! Sie weinte, weinte.

4

Abends beim Essen zu Hause – Esther, Karl, die Mutter und Koni am Tisch – sagte sie auf Karls Frage, wo sie beide heute gewesen seien: «In Gösgen, an der Demo». Sie war selber überrascht, daß sie's so wie beiläufig herausbrachte. Koni schaute wie zu an ihr vorbei. Karl atmete tief aus. Die Mutter sagte, war's lustig? Sicher viel – und brach nach einem Blick auf Karl ab. Bis zur Tagesschau aßen sie wortlos. Gleich als erstes kam ein Bericht über, wie es hieß: Schlägereien zwischen A-Werk-Gegnern und der Polizei in der Nähe des Kernkraftwerks Gösgen. Karl saß jetzt im Lehnstuhl, er schaute Esther nicht an. Als sie aufstand, sagte er gegen die Mattscheibe hin: Pack. Sie sah noch, wie seine Rechte mit der Zigarette vor dem Mund zitterte. Koni kam hinter ihr nach oben. Er kam gleich wieder aus seinem Zimmer zu Esther herein, mit seiner neuesten Lieblingsplatte, Only in the quietest moments, von den Supertramps. Er legte sie auf. Er hockte sich vor die Anlage hin. Esther spürte, sie lag auf dem Bett, daß er die Platte auch für sie spielte. Dann suchte er auch noch ihr Stück heraus, das war anständig von Koni; sie wußte, er hatte die Pink Floyd nicht so gern. Do you think you can tell.

Irgendwann gegen zehn muß Koni dann gegangen sein. In ihrem Halbschlaf kamen die Visiere mit den undeutlichen Männergesichtern dahinter, kamen die Rauchgranaten, die Schreie, die Wasserwerfer zurück, schaukelten weg, kamen wieder. Wirr gingen ihr Fragen durch den Kopf, sie sah und spürte wieder Nik neben sich, über sich, als er sie küßte, dann wieder war Aschi da, oder kamen die Fragen noch mal zurück? Oder sie mit Aschi im Wagen, Aschi hatte sie am Donnerstag nachts um halbelf von Olten noch mit dem Opel seines Vaters nach Hause gebracht, sie fuhren friedlich von Flumenthal nach Wiedlisbach zu. Vor ihnen der lange gerade Scheinwerfertunnel. Weit vorn kamen ihnen zwei Abblendlichter entgegen. Von hinten plötzlich das Aufblitzen einer Lichthupe. Gleich darauf war zu sehen, daß der Wagen hinter ihnen zum Überholen ansetzte. Aschi ging auf's Gas. Der Opel kam sofort. Esther verstand nicht. Vorn kamen die beiden Abblendlichter rasch näher. Links von hinten schob der andere Wagen sich auf ihre Höhe. Esther sah im Licht von vorn Aschis Gesicht. Sie erschrak. Da lag Kampf und Wut und Angriff drauf. Hei, du, sagte sie. In diesem Augenblick war der von vorn auch schon da, der Wagen nebenan war weggetaucht, seine Lichthupe flammte wild von hinten herein. Wieder griff er an. Wieder Aschi, wie er durchdrückte. So rasten sie auf die Linkskurve in den Dorfeingang zu. Der Angreifer war stärker. Er machte Terrain gut, wieder hatte er schon beinah die Höhe von Aschis Wagen geschafft, aber da waren sie schon dicht vor der Kurve, waren schon fast drin. Der Opel, als Aschi jetzt endlich auf die Bremse ging, rutschte, Aschi fing ihn wieder, der andere innen durch, – voraus. Mit kaum einem Meter Abstand blieb Aschi noch fast bis in die Dorfmitte dem Ford-Mustang hinten auf, dann erst gab er sich geschlagen. Esther sah in den rasch durchs Wageninnere wischenden Lichtwellen der Straßenbeleuchtung die Schweißperlen auf seinem Gesicht. Aschi sagte: Was ist, hast du Angst, aber das war's doch nicht. Nein, und jetzt, hier im Halbschlaf erst, ging ihr das auf: da hatte plötzlich etwas von Aschi und wohl auch von diesem Ford-Mustang-Fahrer Besitz ergriffen oder war in ihnen aufgetaucht, was sie nicht, was sie nie begreifen würde, etwas diesen beiden Männern vermutlich Eigenes, oder auch ihnen Fremdes? Etwas Allgemeines, etwas, das auf Angriff, auf Krieg, auf Vernichtung aus war. Doch, ja, es war ihr schon begegnet, oft vielleicht, aber jetzt zum erstenmal so, daß sie hier, unter der Decke, für sich beschloß herauszufinden, was es denn wirklich war. Sie war dann, ohne noch viel zu sagen, schnell ins Haus gekommen.

Gerade das jetzt also wieder? Das und Nik gestern nacht, wie er sagte: ich wollte es nicht, es kippt in dir plötzlich, es schlägt einfach um, das und die besinnungslos dreinschlagenden Polizisten und Karl, dessen Stimme vom Schlafzimmer der Eltern jetzt noch sekundenlang heraufdröhnte, ohne daß man etwas hätte verstehen können? Und dazu für einen Moment auch noch die auf sauberes knappes Hochdeutsch bedachte Stimme von Lehrer Lanz? Gerade das alles, und so, daß sie, jetzt schon fast ganz im Schlaf, immer mehr das Gefühl hatte, das alles hat irgendwie kurios miteinander zu tun, das hängt miteinander zusammen, nur: wie denn, wie und womit?

Ob sie da auch noch Zeit gehabt haben mag, an Konis Geheimnis zu denken? Die Angst war in ihr jetzt fast weg. Nur die Wut war sicher noch da, ganz von ihr in sich hineingenommen, aber da. Die wollte sie jetzt auch gar nicht mehr ganz verlieren, wer weiß, ob man sie nicht noch brauchen konnte. Aber vielleicht war's auch nur einfach Koni, der in seinem Geheimnis war im Traum nebenan, in seiner Höhle, in seinem Panzer ganz oben über dem Dorf in der Waldschneise, auf dem überwachsenen Schießplatz, in diesem alten, vor Jahren abgesoffenen, irgendwo mit Sicherheit noch registrierten, vom Rost angefressenen, von Brombeeren längst überwucherten Panzer, der da mit seiner Kanone, den MG's und seinen vierzehn Tonnen schief in der Gegend stand. Ja, vielleicht dachte nur Koni jetzt an den Panzer, das war möglich. Immerhin, Esther war die einzige, die auch noch davon wußte.

Ob sie mitkomme, hatte Koni gefragt, ehrlich: sie werde staunen. Irgendwann, vor ein paar Wochen, im Mai, sie war früh aus der Bank nach Hause gekommen; zusammen gingen sie dann also die ziemlich steile Dorfstraße aufwärts, gingen aufwärts übers Dorf hinaus, und als sie im Wald waren, ging Koni vor ihr her vom Weg ab. Nicht so schnell, sagte sie ein paarmal auf dem schmalen Trampelpfad. Dann kamen sie im Bogen oberhalb der Schneise wieder an den Waldrand. Ganz unten jetzt das Dorf, dann kam ein Waldgürtel, der Ferchwald, und da vor ihnen also das alte Schießplatzgelände. Esther erinnerte sich, vor sieben acht Jahren waren sie mit dem Lehrer einmal hier querüber gegangen, da war alles noch offen gewesen, zerwühlt von Granattrichtern, von Panzerraupen, Lehrer Allemann hatte ihnen erklärt, daß die Soldaten hier ab und zu das Werfen von Handgranaten und das Schießen auf fahrende Panzer lernen. Jetzt wurde die Schneise nicht mehr benutzt. Alles längst überwachsen, junge Birken sah man, Schwarzdorn, und Brombeerzeug überwucherte, überwältigte, so sah das aus, selbst zimmerhohe Tännchen. Ob er ihr jetzt vielleicht sagen könne, – aber Koni ging schon wieder los. Komm, sagte er, und: gleich. Sie also wieder hinter ihm her, gebückt in die abfallende Schneise hinaus, vorsichtig und gebückt unter Dornen durch, ab und zu hielt Koni vor ihr inne, um Zweige nicht zurückschnellen zu lassen. Ein paar Minuten später standen sie vor dem Eingang zum ehemaligen Handgranaten-Unterstand. Hier hatte jemand rundum ausgeholzt. Hier drüben. Noch mal vielleicht fünfzehn Meter zwischen und unter Brombeerschlingen durch. Drei Meter dann plötzlich steil einen Erdwall hinauf. Sie stand neben Koni, sie keuchte, und Koni sagte: Da. Siehst du? Er ging ein paar Schritte die Trichtersteilwand vor ihnen abwärts und begann, lange, halbverdorrte Buchenäste von etwas anscheinend Metalligem wegzuheben. Allmählich kapierte sie. Das war tatsächlich ein Panzer. Je mehr Äste Koni zur Seite räumte, um so mächtiger wurde der stählerne Leib, eine Art von Riesentier aus der Urzeit, so sah das sekundenlang aus. Koni hatte nur auf etwa zwei Metern Länge die Tarnäste weggetragen. Man sah jetzt die Raupenketten. Grad aus, auf Esthers Höhe, – siehst du: der Geschützturm. Nur grad hier auf der Seite hatte Koni den Panzer freigeholzt, Heck und Bug gingen auf beiden Seiten ins Unterholz. Sie mußte richtig eine Angst überwinden, bis sie dann zu den Raupen hinunterstieg. Mit ein paar Steigbügelgriffen kletterte Koni dicht vor ihr hinauf. Also gut, sie stieg hinterher. Um Himmelswillen, Koni. Esther hielt sich an einer Klappe fest. Jetzt erst konnte sie so richtig abschätzen, wie groß das Ungeheuer war. Das Ganze hing schwer über, in den Trichter hinein. Das Schloß hier mußte ich knacken. Koni hob die Platte zur Turmluke, griff hinein, hatte eine Taschenlampe in der Hand, dann stieg er ein. Gelernt ist gelernt. Sie traute wirklich ihren Augen nicht. Konis Gesicht von unten herauf ihr zugedreht, er lachte. Nur los, Esthi.

Hier drin allerdings war alles eng. Sie setzte sich auf halber Höhe auf einen Metallsitz, wie es ihn etwa auf Traktoren gab. Koni erklärte ihr alles. Sie hier saß auf dem Sitz des Panzerchefs. Vor und hinter ihr Sehschlitze, ein Okular, halbrechts vor ihr saß der Schütze an der Kanone. Koni tauchte unten nach vorn weg, dort saß der Fahrer. Der MG-Schütze hatte seinen Platz rechts von ihm. Erst jetzt sah Esther, daß Koni an die Wände Papierblätter geklebt hatte. Liebster Koni, war da geschrieben, aber Koni machte das Licht aus. Nicht lesen! sagte er schnell. Sicher Briefe von Gabi, Esther kannte sie, sie war mit Koni und ihr unlängst ins Kino mitgegangen. Er machte die Taschenlampe wieder an. Sie kroch dann, an den Griffen in der Panzerwand sich haltend, auch nach unten. Koni hatte die Rücklehne des Fahrersitzes weggetan. Er drückte sich nach links an die Wand, so, daß sie sich neben ihn auf den Fahrersitz setzen konnte. Vor sich hatte sie das Lenkungsgestänge. Schau her, die Sehschlitze für den Fahrer. Die Köpfe aneinandergepreßt, schauten sie durch den Schlitz in die Wildnis draußen. Es war wirklich phantastisch. Esther merkte plötzlich, wie das Lachen sie überkam, sie lachte, sie griff in die Lenkung, machte Rum-rum, lachte, richtig der reine Wahn, Koni. Auch er jetzt auf einmal von Lachen geschüttelt, sie hörte, wie er dicht neben ihrem Ohr Wum sagte, Wum. Das war ihr schon lange nicht mehr passiert, daß ihr vor Lachen die Tränen nur so die Wangen hinunterliefen.

Koni, plötzlich: Esther, aber das ist klar: kein Wort, hörst du? Schwöre! Klar, ging in Ordnung. Koni hatte die Lampe irgendwo aufgehängt. Hier, sagte er. Er hielt ihr einen Papierbecher hin. Orangensaft. Beide tranken sie.

Ja, eine richtige gemütliche Höhle, was Koni sich da ausgebaut hatte. Und wie's glänzte, ringsum, alles mit Öllappen irre sauber gemacht. Toll. Toll war das. Da hast du Ruhe, sagte Koni. Da redet dir keiner mehr drein, verstehst du? Als sie nach oben stiegen, sah Esther, daß an der Wand auch Gedichte hingen. Konis Handschrift. Aber sie durfte nicht lesen. Sie verstand ja auch von so etwas nichts. Esther muß, als sie dann wieder nebeneinander durchs Dorf abwärts gingen, gedacht haben, der Kleine ist eigentlich doch sehr in Ordnung.

5

Durchs Dorf gehen. Da bist du aufgewachsen. Den rauhen Verputz vom Haus gegenüber anfassen. Sich die Hand verbrennen in den Brennesseln zuhinterst im Garten. Erkunden, wie's aussieht und riecht unter dem ausgedörrten Brett, das in den Johannisbeersträuchern wer weiß wann liegen blieb, und den Regenwurm mit dem Zeigefinger berühren und wie er sich zusammenzieht und sich ausstreckt. Danach langsam erst auch sich vorwagen aufs Gelände der stillgelegten Fabrik, oder im Trupp mit anderen Kindern mutiger werden und die wenigen Scheunen erforschen, die's im Dorf noch gibt. Den trockenen Heustaub oben über der Tenne riechen. Ball spielen neben der Verladerampe im Hinterhof von Disler & Söhne nach Feierabend. Das Entsetzen darüber, daß drei Freunde von Nik und Nik auch mit ihren Fahrrädern nicht aufhören konnten, auf dem Parkplatz neben dem Coop-Center eine Kröte zu umkreisen, immer enger, und zuletzt fuhren sie drüber und drüber und noch mal. Esther kannte hier alles, sie kannte das halbe Dorf als ihr Revier. Noch immer wurde ihr unheimlich im Rücken, wenn sie am Haus von Studer vorbeikam. Das hing mit Erna zusammen.

Erna war eine Zeitlang einmal die Woche zu ihnen nach Hause gekommen. Man durfte nicht Putzfrau sagen. Erna half Esthers Mutter die Wohnung reinigen. Esthers Eltern waren erst kurz vor ihrer Geburt nach H. gekommen, und Erna sagte immer wieder zu Esthers Mutter, aber, so schien es Esther, ein wenig auch zu ihr: sie hätten ja im Grund keine Ahnung, was hier alles läuft. Wenn sie damit anfing, konnte man sicher sein, daß sie eine ihrer Geschichten erzählte. Die Geschichte von Studer. Er hatte hinter seinem Haus eine Sägerei und einen Lagerschuppen, dahinter stand, Erna wußte das alles immer genau, ein junger Nußbaum. Den fällte Studer, sägte die Äste ab, und den Stamm zersägte er der Länge nach so, daß er dann einen fünf Meter langen Vierkantbalken hatte, außerdem zwei leichtere Balken von etwa zwei Metern Länge. Die hobelte er blank. Jetzt bohrte er durch eins der kürzeren Hölzer Löcher und schraubte es am einem Ende des langen Balkens so fest, daß das Ganze wie ein Winkel ausschaute. Das dritte Stück setzte er als Verstrebung zwischen die beiden anderen ein und verschraubte auch sie. Dann grub er auf dem Platz vor seinem Haus ein tiefes Loch. Da hinein stellte er das freie Ende des langen Balkens, machte das Loch zu, klopfte große Schottersteine um den Balken fest, das hielt. In das frei herausragende Ende des Querbalkens oben schraubte er einen schweren Eisenhaken. Durch den Haken zog er ein Seil mit einer Schlaufe am einen Ende, die man zuziehen konnte. Das alles dauerte drei Tage. In der Nacht nahm er seine Frau, er legte ihr die Seilschlinge um den Hals und zog sie an seinem Galgen hoch. Als sie ihn holten, sagte er: Recht geht vor Liebe. Erna stellte den Staubsauger wieder an. Sie wußte, daß sie vor den Kindern ihre Geschichten nicht erzählen durfte. Sie tat es, wenn Esthers Mutter nicht in der Nähe war, dennoch. Esthers Mutter mußte sie dann bitten, nicht mehr zu kommen.

Ihr habt keine Ahnung. Ernas Geschichten blieben einem lange haften. Esther fand nicht heraus, woher es kam, daß sie es irgendwie mochte, ihren Geschichten zuzuhören und zu spüren, wie der Schrecken sie durchzitterte, und daß sie, wenn die Mutter einkaufen ging, Erna flüsternd fragte, ob sie die Geschichte mit Studers Galgen und die mit den beiden Borner-Schwestern oder die Geschichte von Dolf Berger wieder erzählte. Auch wenn sie wußte, sie würde wieder für Tage abends ohne Licht nicht einschlafen können, sie war eine Zeitlang fast süchtig nach Ernas Geschichten. Sie saß manchmal bei Nik im Bett und erzählte ganz leise, was Erna ihr zugeflüstert hatte. Nik sagte, Erna spinnt, aber er wollte auch immer alles genau wissen. Von Erna aber war nicht zu erfahren, ob Studer seine Frau gefesselt hatte. Esther erzählte Nik, Studer habe seiner Frau auch noch die roten Haare angezündet, da habe sie ihn verwünscht und er sei in eine Krähe verwandelt worden, aber Nik merkte, daß dieses Ende der Geschichte nicht von Erna war. Damals schlief Koni längst in seinem Gitterbettchen, wenn sie auf Zehenspitzen von Nik zurück in ihr Zimmer kam.

Eltern lieben alle ihre Kinder. Aber da war die Art, wie die Mutter Koni immer herumtrug. Wie sie ihn an sich preßte, gierig, lang, und ihn umschlungen hielt so, als wollte sie ihn nie freigeben. Nie. Oder wie der Vater, wenn er heimkam, zuerst nach Koni fragte und ihn dann aus dem Laufgitter hob und mit ihm auf dem Buckel durchs Haus trabte. Aber das dauerte nicht lange. Vater lachte kaum mehr. Wenn er nach Hause kam, schloß er sich im Büro ein. Esther und Koni mußten von jetzt an immer besonders ruhig sein, wenn er zu Hause war. Esther fragte die Mutter dann, warum der Vater jetzt immer traurig sei. Vater war Abteilungsleiter in einer Druckerei in Olten. Sie hatten ihm versprochen, er werde Prokurist werden, er werde nicht nur über eine Abteilung, sondern über deren drei befehlen dürfen. Jetzt war die Druckerei verkauft worden an eine amerikanische Firma in Zürich, und jetzt sei ein Kollege von Vater Prokurist geworden. Sie hätten Vater beleidigt. Prokurist, dachte Esther. Beleidigt.

6

Manchmal nahm Esther am Morgen den Bus, häufiger fuhr sie mit dem Velosolex. Koni war meist schon weg, obwohl er auch erst um acht in der Stadt sein mußte, er im Gym, sie in der Bank, Schweizerische Hypotheken- und Spar-Bank SHSB, Filiale Olten.

Esther, nicht wahr, Sie wissen, unsere Arbeit beginnt Punkt acht. Esther, würden Sie bitte zur Post gehen. Esther, addieren Sie bitte hier die Gutschriftsanzeigen. Esther, die Direktion erwartet die Auszüge der Kontokorrent-Konten in drei Kopien sofort. Esther, warum ist die Kursänderungsmeldung noch immer nicht unten? Esther, ein für allemal: Steuerrückbehalt hat zwei r. Esther, bitte, Privatgespräche aufs Dringendste beschränken. Esther, Ihre Gegensprechanlage hat auf «on» zu bleiben. Esther, und *das* im dritten Lehrjahr?

Sie war zwar erst seit drei Monaten in der Wertschriftenabteilung. Aber sie wußte, daß Herr Moser hinter seiner Glasscheibe eigentlich ein freundlicher Chef war. Er verbrachte jedes Wochenende mit seiner Frau in seinem Weekendhaus am Hallwilersee. Im Mai hatte er ein neues Motorboot gekauft. Herr Keller fuhr jeden Freitagabend nach Zürich, Frau Schwarz hatte es Esther schon etwa siebenmal erzählt, und jedesmal hatte Esther so tun müssen, als sei ihr klar, warum Frau Schwarz dabei ein Auge zukniff. Frau Schwarz war sonst in Ordnung; sie konnte seelenruhig zu Moser aufblicken und sagen: Nur wenn's Zeit hat bis morgen um zehn, sonst: bitte nicht. Dann raschelte ihre Buchungsmaschine weiter. Wie schnell sie war. Esther schaute ihren Hinterkopf an. Das noch immer toupierte Haar vibrierte bei jedem Anschlag; winzige Erschütterungen. Frau Schwarz hatte vierzig verschiedene Kakteenarten in ihrer Wohnung. Sie lebte dafür, und für die fünf Wochen Ferien in Kenya. Jährlich im Oktober flog sie hin. Das sei einer der Vorteile, wenn man geschieden ist. Herr Keller sagte, Frau Schwarz habe ein Verhältnis mit dem kenyanischen Laufwunder Abito. Aber Frau Schwarz sagte, sie hätten ja keine Ahnung. Kenyas Wälder, Kenyas Seen, sagte sie. Kenya ist der Garten Eden Afrikas. In der Zehnuhrpause las sie «Ladies Home Journal», englisch. Das hatte sie abonniert.

Wenn Herr Moser in der Konferenz war, hörte man das Summen der Klimaanlage. Abito lief die 400 Meter in 46. Esther, was wetten wir, sagte Herr Keller, er läuft sie noch in diesem Sommer in 45,8? Herr Keller blätterte in der Zeitung weiter. Die haben gestern da unten in Gösgen wieder ganz schön randaliert, sagte er. Achtzehn Verletzte, davon vier Polizisten. Also da hört doch allmählich die Gemütlichkeit auf, meinen Sie nicht? Lager her, sagte er. Esther hörte das leise Pochen, wenn die EDV im zweiten Stock unten die Endlosformulare auszustoßen begann. Sie erschrak, als sie sich sagen hörte, sie finde das eigentlich gut, daß demonstriert werde. Aber Herr Keller hatte sie anscheinend nicht gehört. Er hatte schon recht genaue Vorstellungen. Wozu haben wir unbewohnte Täler in Graubünden? Und die Hochebenen im Jura, kilometerweit leer, alles leer? Dahin ein paar Barakken gestellt, das Ganze mit Stacheldraht drumherum, mit Starkstrom geladen, Tausende, sagte er, von dem Demonstranten-Gesindel hätten da Platz, und von ihm aus könnten die da oben dann ihre Kartoffeln gleich selber anbauen. Das koste uns zehn Millionen im Jahr, aber garantiert hätten wir dann Ruhe. Frau Schwarz wollte dann doch nicht wetten. Sie fragte sich, ob man nicht besser die Rädelsführer nach Moskau schickte.

Wenn man am Fenster stand, an der langen Fensterfront, sah man in den großen Hof hinunter. Ringsum hohe Neubauten, direkt gegenüber die ewige Baustelle. Vier Stockwerke standen schon. Herr Moser hatte ihnen erklärt, daß ihre Bank nicht bereit sei, der Bauherrschaft Stuber AG die 4. Rate auszuzahlen. Merken Sie sich: schmeiße schlechtem Geld nie gutes nach. Ein paar Hunderttausend ans Bein gestrichen ist immer noch besser als unsolide Kundschaft. Wo

Rauch ist, ist auch Feuer. Nein, auf der Baustelle bewegte sich nichts mehr. Auch unten bewegte sich nichts. Die Wagen standen alle in den drei langen Reihen. In der Mitte der Reihen lag auf den Heckscheiben weißglühend die heruntergefallene Sonne. Esther schaute dem Mann im Overall zu, der kam von rechts her über den Hof. Bei einem der drei Lorbeerbäumchen, die da in ihren gelben Kübeln die Parkfelder trennten, blieb er stehen. Er hob den Kübel auf und trug das vielleicht mannshohe Bäumchen nach rechts aus dem Fensterausschnitt hinaus. Kenya war weit weg. Für eine Sekunde hatte sie das Gefühl, wieder das Tränengas zu riechen, wieder dieses Würgen im Hals. Über den Wagendächern flimmerte es. Daß man hier nicht einmal ein Fenster aufreißen konnte. Irgend etwas in ihr fror jetzt, als sie die Hitze da draußen sah. Wozu war sie eigentlich hier. Sie hatte das Gefühl, Jahre und Jahre auf etwas gewartet zu haben, noch vorgestern Nacht, noch gestern früh war sie ganz sicher gewesen, als sie gesungen hatten und zusammen gelacht, jetzt passiert's dann, jetzt gleich wird einfach plötzlich alles in Bewegung geraten und zu tanzen, jedenfalls zu leben beginnen. Vielleicht träten alle Flüsse über die Ufer, die Häuser segelten sanft über die Aare davon. Nein. Was gingen diese Hypotheken sie an. Lager. Mit Starkstrom geladen. Zubetoniert. Gewartet und gewartet, jetzt waren nur noch zwei Lorbeerbäume da unten, warum kam nicht einmal mehr der Mann und holte sie in den

Schatten. Vielleicht war der Aufzug ins Stocken geraten und er mußte ihn reparieren, das war wichtiger. Das Glas, an das ihre Stirn stieß, fühlte sich kühl an. Gewartet, gewartet. Alles zubetoniert. Und jetzt, heute wußte sie auf einmal, daß es da nichts zu warten gab. Der Garten Eden. Die Seen Afrikas. Und irgendwie diese Angst, diese Angst. Wovor eigentlich. Daß sie da nie mehr herauskäme aus den Kursänderungslisten und den Endlosformularen und den Zahlen, den Zahlen, und dem Geraschel von Frau Schwarz' Buchungsmaschine im Rücken. Gras. Wälder.

7

Über Mittag ging Esther ins Schwimmbad, war mit Aschi und Margrit zusammen, nachmittags geschlagene vier Stunden Berufsschule. Aschi holte sie dann ab. Aschi hatte eine Fertigpackung Lasagne eingekauft, die aßen sie in seiner erst vor fünf Wochen frisch bezogenen Wohnung, dann schauten sie im Tagblatt die Kino-Anzeigen an. Esther war wie zu. Sie war froh, als Aschi sagte, willst du ins Kino? Zwar interessierte sie sich nicht besonders für Western, und so ganz hielt der Film auch nicht, was die Ankündigung versprach. Dennoch, das tat gut, hier im Dunkeln neben Aschi zu sitzen und zu spüren, wie er einen mit der Hand im Nacken liebkoste, wie er den Arm einem um die Schultern legte, gut, ja. El Topo. Eine Handvoll todesmutige Männer und eine tapfere junge Frau. Ein Streifen, der den üblichen Rahmen sprengt, das unsterbliche Gleichnis vom Gaucho, seiner Hölle, seinem Himmel. Ja, schon. Sein Leben ist Leidenschaft, sein Gesetz der Colt. Ja, das konnte man sagen. Es war gut, weg zu sein. Aber als sie wieder draußen waren und die Marktgasse hinuntergingen und Aschi fragte, ob sie im «Kastanienbaum»-Garten noch ein Bier trinken wollten, als sie nichts sagte und Aschi fragte, was sie eigentlich heute habe, wußte sie nichts zu sagen. Sie hängte sich bei ihm ein. Du, sagte sie und so, daß er merken mußte, sie war froh, mit ihm hier noch ein wenig zu gehen, nahe zusammen, und wie oft gab's denn solch warme Sommerabende, daß man überall an Gruppen von draußen sitzenden Leuten vorüberkam? Vielleicht hatte Esther wirklich nur eine schlechte Phase, manchmal sieht alles am nächsten Tag schon ganz anders aus, da hatte Aschi ja recht.

War das die Liebe? Früher hatte sie immer gedacht, wenn sie dann einmal mit jemandem ginge, werde nichts mehr ihr etwas anhaben können. Niemand mehr. Dann doch noch ein Bier im «Kastanienbaum».

Es war kurz nach elf, als sie noch zu Aschi gingen. Seine Einzimmerwohnung kostete Fr. 280,– plus Nebenkosten. Aber er war jetzt in seiner ersten Stelle als Angestellter, Bracher & Co., Speditionsunternehmen, er war schon so etwas wie die rechte Hand des Chef-Disponenten. Als sie auf dem Bett lag, schaute sie die Decke an und das Mobile aus den bunten Papierschiffchen. Das hatte sie gemacht, zu Aschis Geburtstag. Aschi legte sich dann auch neben sie. Eigentlich hätte sie sich nur ganz tief im Dunkeln in seinen Arm kuscheln wollen, auch spürte sie wahrscheinlich erst jetzt, wie müde, wie ungeheuer müde sie war. Wahrscheinlich schliefen sie dann zusammen, und wahrscheinlich hätte sie es ja eigentlich auch gewollt, es war wahrscheinlich das vierte oder fünfte Mal überhaupt, jedenfalls für sie, und liebkosen, ja, küssen, liebkosen. Wenigstens war die Angst für eine Zeitlang fast ganz verschwunden, sie konnte auch wieder lachen. Nur als sie dann still nebeneinanderlagen und rauchten, hatte Esther wieder diesen Overall-Mann vor sich, wie er unten über den menschenleeren Platz kam und mit dem Lorbeer wieder verschwand oder sonst etwas ähnliches.

Eigentlich noch am schönsten an diesem Tag war wahrscheinlich, in dieser phantastisch weichen Sommernachtluft auf dem Velosolex in Richtung H. zu fahren. Sie wünschte, bevor sie zu Hause ankam, diese Fahrt würde nie mehr aufhören, nie mehr.

Im Haus schlief alles. Dennoch ist möglich, daß das nur ein Eindruck von ihr war, wie sie da auf Zehenspitzen die Treppe aufwärts ging, und kaum war sie in ihrem Zimmer, hätte Koni noch ganz ganz leise geklopft und wär hereingekommen, hätte sich wieder auf's Kissen neben die Anlage hingehockt und jetzt noch begonnen, ihr seine Aufsatz-Story zu erzählen. Er war total kaputt. Das sagte er. Esther verstand erst überhaupt nicht. Sie brach zwar wirklich fast ein vor Müdigkeit, aber es war Koni so deutlich anzumerken, daß ihn dieser Aufsatz noch wahnsinnig machte, da zog sie halt nur die Schuhe aus und sagte vom Bett aus, er solle erzählen.

Sie hatten heute im Gymnasium einen Aufsatz zurückbekommen. Aufsatz, alle wußten es, war Konis Stärke. Meist brachte er es da zu einer Fünf, wenn nicht Sechs. Diesmal war's eine Zwei. Lehrer Burg habe dreingeschaut wie bei einer Beerdigung. Esther verstand nicht. Zeig her. Sie schaute auf die aufgeschlagene Doppelseite hinunter. Unter drei Themen hätten sie wählen können. Klar, daß Koni «Mein Lieblingssport» genommen hatte. Auf den zwei Seiten waren zwanzig wenn nicht dreißig Worte rot angestrichen. Rot durchstrichen, mit roten Ausrufezeichen versehen. Hinten unter der Zwei stand groß «Moll, was soll das? Erbitte Rücksprache.» Schon in der ersten Zeile das Wort «z'Morge». Natürlich hatte Lehrer Burg rot «Frühstück» drübergeschrieben. Das Wort «Trening» meinte sicher «Training», soviel verstand auch Esther. Dann «Waudlouf», statt Waldlauf, «Föifduusig», wo's «Fünftausend» heißen müßte, statt «Herz» hatte Koni «Härz» geschrieben, deutlich mit «ä». «Gsekled» stand da, «gschwomme», «düüsseled», «Rönnschue». So ging das fort. Also ein bißchen spinnst du schon. Wie er dazu kommen, statt Hochdeutsch einfach jedes fünfte oder zehnte Wort in Dialek hinzuschreiben, wir *hätten* nun einmal keine eigene Schriftsprache. Und alles natürlich in der gewöhnlichen Vergangenheit, – klar, daß Lehrer Burg über die Worte «E be gange» schrieb: «Ich ging».

Koni hockte vor ihr. Er schaute seine übereinandergestellten Füße an. Ich kann's nicht.

Was das denn heiße, er, wo er doch immer so top gut sei im Aufsatz. Sie, Esther, ja sie glänze nicht grad besonders, aber du, Koni – los, was ist.

Ich kann's nicht. Nicht mehr. Schau jetzt, ich fang einen Satz an, weiß auch, wie das Ganze lauten müßte, dann schreib ich, und sowie ich schreibe, ist plötzlich etwas wie ein Krampf da, eine Art Zwang, und ich kann jetzt das Wort nur noch so schreiben, wie wir eben reden. Oder überhaupt nicht. Überhaupt nicht mehr. Dann geht's wieder, vier fünf Worte weiter alles kein Problem, und wieder: wie abgeblockt. Du, ich werd noch wahnsinnig. Und weißt du, wenn das nicht weggeht, werd ich im Herbst provisorisch.

Dummer Hund. Er tat ihr wirklich auf einmal leid. Sie fuhr ihm mit der Hand über's Haar. Das gibt's doch nicht. Koni. Komisch. Und was er denn gegen die hochdeutschen Worte habe.

Woher *er* das wissen soll?

Ob er mit Nik schon gesprochen habe. Vielleicht, daß der Bescheid wüßte. Wahrscheinlich. Geh morgen zu Nik.

Lehrer Burg habe ihm dann unter vier Augen gesagt, er erwarte eine Erklärung. Und ob er Schwierigkeiten habe, zu Hause? Oder mit Gabi? Das sei ihm mit einem Schüler noch nicht passiert. Unglaublich. Merkwürdiges Phänomen. Gemeinsam eine Lösung. Überhaupt, in mehreren Fächern offensichtlich nachgelassen, in Mathe bereits am Rande zum Provisorium. Wahrscheinlich halt doch überfordert? Gemeinsam eine Lösung. Und am Schluß habe er aber dann doch verlangt, daß Koni den Aufsatz neu schrieb, und zweitens, daß der Vater das hier unterschreibe.

Esther, nach einer Weile: Ob er Karl schon etwas gesagt habe davon. Koni schüttelte den Kopf. Esther kam sich hilflos vor. Den Lärm, den der Vater wieder machen würde, das konnte man sich vorstellen. Beim Neuschreiben helf ich dir. Hat's Zeit bis übermorgen? Koni nickte. Das hilft nicht, sagte er. Burg kennt doch meine Schrift. So etwas Komisches. Und was das eigentlich genau sei: ein Phänomen? Sie schwiegen dann lange. Ciao, Esthi. Und du schlaf auch gut.

8

Erst am Morgen fiel Esther die Aufsatz-Geschichte wieder ein. Und noch etwas fiel ihr ein, wie sie nämlich im Wohnzimmer gesessen hatte, vor sich die Illustrierte. Nebenan in Karls Arbeitszimmer mußte Koni mit Vater lesen üben. Erst am Morgen, auf der Fahrt nach Olten hinein: ab und zu Vaters Stimme, dann wieder Koni, wie er vorliest, Koni vielleicht acht Jahre alt, Schulaufgaben. Karl half ihm neuerdings oft dabei. Esther nahm zunächst kaum wahr, wie Koni manchmal mitten im Satz stockte, ansetzte, wieder stockte, – «Meine Tante kam, gera – ». Man hörte den dumpfen Knall, wenn Karl auf die abgeschabte Stuhllehne haute. Esther horchte genauer hin. Sie konnte sich Koni vorstellen im Stuhl neben Karls Schreibtisch, vor sich das Lesebuch, wie er mit dem Zeigefinger den Zeilen, den einzelnen Worten folgte. Koni war eigentlich ein guter Schüler. Nur grad im Lesen hinkte er neuerdings hintendrein. Wieder jetzt. Meine Tante kam, ger – . Stille. Esther erinnerte sich gut, sie hatte mit dem gleichen Buch für die Unterstufe vor einem Jahr lesen gelernt. Meine Tante kam, gerade als es fünf Uhr schlug, aus dem Haus. Koni schaffte es nicht. Sie konnte sich denken, wie er jetzt, den Kopf leicht gesenkt, an Karl vorbeischaute. Was nur war mit Koni los? Längst hatte er doch gelernt, das Richtige zu tun. Zu tun, was ihm Vaters Zuneigung oder die der Mutter einbrachte. Längst wußte er, welche Lautstärke seiner Stimme oder welche Art, die Tür zu öffnen oder zuzutun, welche Kopfhaltung bei Tisch, welche Betonung beim Aussprechen von Worten diese zumeist träge Stimmungswolke im Hause dunkel oder hell aufluden. Schon mit einem Jahr, mit zweien hatte er gelernt, daß es böse war, von seinem angeschraubten Sitzchen aus Gemüsebrei zu werfen oder ihn auf den Tisch zu schmieren oder mit den Händchen hineinzupatschen. Auch er hatte, noch bevor er Sprechen lernte, begriffen, man durfte nicht einfach lauthals schreien. Erst wenn man das Plärren mit der Zunge und im Kehlkopf dämpfte und langsam in ein leicht schluchzendes Wimmern übergehen ließ, erschien es, erschien ES: erschien das weiche Weiße, und saugend wurde man in Lust wieder eins mit allem. Mit diesem ES, das dann doch irgendeinmal verschwand und dieses nie mehr zu stillende Verlangen zurückließ, das keine Milchflasche und nichts mehr wirklich, für länger als ein paar Sekunden, stillen konnte. Immer wieder war es darum gegangen, diese winzigen Dinge zu lernen, von denen abhing, ob die Stimmung im Haus von Sekunde zu Sekunde so selten wie möglich auf «Böser, böser Koni» und so oft wie möglich auf «Ja, ja, lieber Kleiner» schaltete.

Möglich, Esther hatte das alles ziemlich durcheinander im Kopf; in Fetzen, nein, vielleicht ähnlich wie in einem Teich Blasen aufsteigen, so stieg's in ihr hoch, und sie fühlte mehr, als daß sie dachte, vielleicht gab's auch in Koni drin etwas, tief in ihm drin, das sich diesen Wörtern widersetzte, weil sie anders waren als die Worte, die sie alle hier untereinander brauchten, anders, ihm fremd. Während sie da noch immer weiter nach Olten hineinfuhr, erinnerte sie sich, die Tür ging auf, Koni, in seiner kurzen Hose, blieb im Türrahmen stehen, blickte schnell zu Karl zurück, auf dem Gesicht höchste, gerötete Erregung. Scham? Zorn? Von drinnen wieder Karl: «Begriifsch ändlech?» Und Koni: «Jo-jo.» Und wieder Karl, ganz laut: nicht: «Jo-jo» heiße das, Arschundzwirn, das heiße kurz: Ja! Koni lief an ihr vorbei und draußen hinauf in sein Zimmer.

Gewiß, auch Koni hatte als Vier- und Fünfjähriger seine Trotzphase gehabt. Aber seither war er brav, bräver als sie. Immer gut aufgelegt, eher still, er konnte sich wunderbar still beschäftigen, nimm dir ein Beispiel, Esther. Und immer wieder merkte sie, daß es in ihr diese heißen Stiche gab, wenn Koni schon wieder eine Idee hatte, wie er jemandem etwas zuliebe tun konnte. Für Mutter brachte er Wiesenblumen nach Hause, für Vater fertigte er ein mit Blumenornamenten verziertes Schlüsselbrett mit der Laubsäge oder er töpferte mit Lehm kleine Vasen, die sie dann zusammen bunt anmalten.

Ein paar Monate später hieß es dann, Koni habe jetzt korrektes Lesen gelernt. Vater hatte gesagt: Was hab ich gesagt?

Jahrelang seither, jahrelang hatte kein Mensch sich um Konis Schulprobleme kümmern müssen. Es gab keine. Koni machte die Prüfung ins Wirtschaftsgymnasium ohne sichtbare Mühe, jedes Halbjahr einmal brachte er seine Noten nach Hause, das gab nichts zu reden, in Deutsch war er jetzt besonders gut, aber auch sonst: eigentlich immer alles okay. Und da nun, plötzlich, dieser Schreibkrampf vor hochdeutschen Worten. Hoffentlich erreichte er heute Nik. Aber auch sie mußte mit Nik reden. Sie mußten herausfinden, was da mit Koni los war.

9

In der Berufsschule schellte es bereits, als sie durch die Schwingtür in die immer finster dreinblickende Halle kam. Im Laufschritt nahm sie die Treppe in den zweiten Stock. Erste Stunde: Englisch. Zweite Stunde: Wirtschaftsgeographie, alles eher langweilig. Warten, warten. Worauf. Irgendeinmal würde das Leben vielleicht doch noch anfangen? Aber vielleicht, daß das hier bereits das Leben war, es hätte längst begonnen, und sie hatte davon nur nicht viel bemerkt? Aschi fiel ihr ein. Ob er jetzt bei Bracher & Co. als rechte Hand des Chefs in der Disposition saß, vor den blau-gelb-roten Tabellen, die er ihr gezeigt hatte, vor der großen Europa-Karte an der Wand? Sie pinnten die Nummern der Wagen täglich um, Wagen Nr. 12 nach Frankfurt, Nr. 4 von Bologna nach Mailand, keine Leerfahrt, nur keine Leerfahrt. Durch die große Fensterscheibe sah man auf Augenhöhe die Kirchturmuhr, dahinter die Wohnquartiere am Hang, weiter rechts standen ganz hinten die Hochkamine des Zementwerks.

Der Steno-Lehrer in der dritten Stunde versuchte wieder einmal, sie durch ein Wettschreiben zu neuen Rekorden anzufeuern. Sie hatten untereinander ausgemacht, neunzig Silben pro Minute nicht zu überschreiten, so waren sie alle Dreiundzwanzig immer ungefähr gleichzeitig gleich weit, auch gleichzeitig fertig. Kein Sieger. Alle Sieger. Ihr war die Aufregung von Lehrer Borer ziemlich egal. Sie konnte da nicht mitleiden, sie konnte nicht. Etwas anderes drehte in ihrem Gefühl, ihrem Kopf herum, das hatte wieder mit Aschi zu tun, ein Gedanke, der ganz allmählich und während sie noch stenografierte, in ihr aufzuleuchten begann wie eine Warnsignallampe. Sekundenlang hatte sie gedacht: was wäre, wenn sie Aschi nicht mehr hätte. Sie mochte Aschi, sie hatte ihn gern, er war lieb, auch klug, er brachte es sicher noch weit, kein Zweifel. Er wollte diese Woche noch seinen ersten Wagen kaufen, Fiat 124, Occasion, mit erst 56 000 Kilometern drauf. Auch zärtlich konnte er sein. Nur: angenommen, er führe einmal mit, nach Frankfurt, nach Genua, er bliebe dort hängen, wer weiß warum, – auf einmal spürte sie, daß etwas in ihr dachte: Ja und wenn. Traurig, sicher, das wäre sie schon. Aber sie wußte jetzt plötzlich und auf eine Art, die ein bißchen etwas Erschreckendes hatte, sie würde nicht aus dem Fenster springen, und vielleicht, daß sie nicht einmal weinte. Seit fast zwei Jahren ging sie jetzt mit ihm. Diese ungeheure Aufregung damals, diese Träume damals, wochenlang war sie high gewesen, immer Lachen und Weinen in einem; aber seither. Sie mußte herausfinden, wie das kam, jeden Tag, fast jeden, jedenfalls jede Woche bröckelte ein winziges Stück ab, nein: vielleicht so: wurde dieses ganz phantastisch überhelle Licht in ihr drin ein bißchen, kaum zu sehen, ein bißchen weniger hell, weniger groß, weniger heiß. Und jetzt, ja, eigentlich mußte das irgendwie auch mit dem Schock von vorgestern zu tun haben, jetzt auf einmal dieses Gefühl, daß Aschi und sie zwei gewöhnliche Leute waren mit einer guten gewöhnlichen Beziehung zueinander. Wie ging, wie verging das? Was nur konnte das sein, was in ihr bewirkte, daß alles so schrecklich normal geworden war zwischen ihnen, gut, schön, normal?

Auch in der Branchenkunde kreiste das in ihr weiter. Lehrer Lanz war immer optimistisch, immer rieb er die Hände vor Schaffenslust, und er war ganz sicher, daß sie alle, alle einmal Erfolg haben würden im Leben. Eine Frage der Motivation, der Selbst-Motivation. Man mußte nur wollen. In jedem und jeder der Klasse steckte eigentlich eine Führerpersönlichkeit. Klar, bei Frauen war das nicht selbstverständlich. Von Natur aus war ihre Bestimmung, vor allem richtig Frau zu sein, das hieß Mutter sein und tatkräftige Kameradin auch ihres Mannes. Aber gab es nicht Ausnahmen? Was können wir aus Jane Dohenys Geschichte lernen? Wenn die Frauen die gleichen Privilegien fordern wie die erfolgreichen Männer, werden immer wieder auch Frauen ihren Weg machen. Oder Barbara Cawley. Eine Frau knapp über vierzig, leitet sie jetzt eine der erfolgreichsten Fernsehproduktionsgesellschaften mit über 200 Angestellten, und zwar führt sie sie mit eiserner Hand. Sie selbst erklärt: Erfolg macht zwar vielleicht nicht glücklich, genausowenig wie Geld, aber wie Geld macht er viel Spaß, er ist aufregend, man fühlt sich richtig lebendig, aktiv und einfach klasse. Man kann gar nicht genug davon kriegen, und ich will immer noch mehr. Oder Julia Philips. Sie war erst achtundzwanzig, als sie von Elizabeth Taylor den Akademie-Preis für ihre Produktion des Streifens «The String» erhielt und sagte: «Dies ist ein großer Abend für ein Mädchen aus der Bronx.» Als erfolgreichste Produzentin in Hollywood erhielt sie einen Scheck über 2 500 000 Dollar als ihren Anteil am Erfolg von «The String». Und dabei – Lehrer Lanz schaute mit Triumph über sein Buch hinaus in die Runde – dabei hat sie in der lumpigen Schlußredaktion von «McCall's Magazine» angefangen.

Esther hätte auf eine Taste drücken und Lehrer Lanz' Stimme abstellen wollen. Dieses tadellose Hochdeutsch. Knapp, klar, immer männlich voll da, ein voller, kerniger sound, ein Mann ein Wort, immer auf Beherrschung des Gegenübers aus, und die Möglichkeit, daß es im Leben vielleicht doch noch Probleme geben könnte, schloß diese Stimme allein schon akustisch aus. Eine Frage des Wollens. Für Sekunden verstand sie Koni, verstand sie seinen Schreibkrampf, für Sekunden gelang ihr, sich da drin gegen dieses Hochdeutsche ganz zuzumachen. Allerdings mußte sie auch wieder zugeben, was er da vorlas, um sie alle, alle zu motivieren, war ja auch immerhin spannender als Stenografie oder Bankrechnen. Dennoch versuchte sie, dagegen anzudenken, so stark anzudenken von Aschi oder vom Schwimmbad von heute mittag, da ginge sie heute hin, wenn's nur schon zehn vor zwölf schellte, daß die Stimme nicht mehr in sie hereinkäme. Aber immer wieder war sie da, flott, man mußte sich zuerst einmal abgewöhnen, Erfolg für etwas Unrechtes zu halten, Ihr Ehrgeiz ist ganz natürlich und gesund. Sie haben ein Anrecht auf Erfolg. Aber man mußte sich folgendes dabei ganz ganz klarmachen: Es ist o.k., habgierig zu sein. Es ist o.k., ehrgeizig zu sein. Es ist o.k., die erste Geige spielen zu wollen. Es ist o.k., das Leben zu genießen. Es ist o.k., ein Machiavellist zu sein (wenn Sie damit durchkommen). Es ist o.k., zu wissen, daß Ehrlichkeit nicht immer zum Ziel führt (vorausgesetzt, Sie behalten die Weisheit für sich). Es ist immer o.k., reich zu sein.

Wahrscheinlich war das ja auch alles richtig, und der Verfasser des Buches war sicher nicht zufällig ein berühmter Mann, aber Esther wollte es einfach eigentlich nicht wissen, sie hatte jetzt nicht Probleme mit dem Erfolg. Sie hatte Ehrgeiz, sicher, aber das interessierte sie jetzt nicht, daß man sagen konnte, man habe sein Ziel erst dann erreicht, wenn man seinen Traum von Reichtum, Ruhm oder Leistung ein wenig übertreffen konnte, wie Robert Stone sagte. Aschi. Und möglicherweise kam Nik heute über Mittag auch ins Schwimmbad. Nik hatte um elf in H. die Schule aus. Am Dienstag kam er zwar meist nach Hause essen, aber bei diesem Wetter, bei diesem bleiigen Sommerwetter.

10

Als sie aus der Umkleidebucht kam, sah sie Nik schon von weitem. Er ging eben mit Monika den Uferweg entlang aufwärts. Dort drehten sie ab, in den leicht zur Aare abfallenden Rasen. Esther ging hinüber. Eben als sie sich zu den beiden setzte, kam Rolf an. Nik, hei, Nik. Er kam heran, blieb stehen, in der Hand hatte er das Tagblatt. Schon gesehen?

Ob er stehenbleiben wolle. Was gesehen. Sicher war da wieder etwas drin über die Demo vom Wochenende. Das stimmte auch. Es war eine ganzseitige Fotoreportage drin, – hier, sagte Rolf. Nicht schlecht, siehst du? Niklaus Moll, nein nein, nicht mit Namen. Aber jeder kennt dich, hier. Römischer Diskuswerfer. Ja, so schaut's aus. Der hat dich mitten im Wurf erwischt. Ganz schön heavy, sagte er. Ganz schön over.

Zu dritt schauten sie das eine der vielleicht zehn Bilder auf der Seite an. Richtig groß hatten sie es in die Seite gesetzt. Darunter stand: Demonstrant, ein Gummigeschoß zurückwerfend. Das war Nik, unverkennbar, wie er eben ausholte. Der Fotograf mußte sich kühn zwischen die Fronten ein paar Meter vor Nik hingekauert haben, als er schoß.

Esther sagte, was Karl wohl sagen wird? Karl mußte die Zeitung in der Druckerei bereits um halb acht auf seinem Schreibtisch vorgefunden haben. Nik und Monika lachten plötzlich, eine Zeitlang sah's aus, als könnten sie nicht aufhören. War das wirklich so lustig? Natürlich, ein bißchen stolz war Esther auch, aber irgendwie fiel ihr plötzlich Herr Keller mit seinen Stacheldraht-Lagern ein. Ob Herr Keller ihren Bruder erkannt haben mochte? Wie feige sie wieder war. Rolf setzte sich zu ihnen. Nik sah auf einmal jetzt ernst aus. Einmal ganz langsam, sagte er. Zu Hause – er meine in H. – ist die Post spätestens um halb zwölf verteilt. Nein, in der Schule heute früh hatte noch keiner etwas gesagt. Überlegen wir einmal weiter. Esther sah, auch Rolf und Monika verstanden nicht ganz, worüber Nik sich da so Gedanken machte.

Die Sache war die. Nik war Lehrer. Gut, soviel war ihnen bekannt. Und weiter? Als Lehrer sei man bei uns angestellt von der Gemeinde. Gewählt vom Gemeinderat, auf Vorschlag der Schulkommission. Auch klar. Vor fünf und vier Jahren noch sei das kein Problem gewesen, Lehrer waren Mangelware, selbstverständlich sei jeder alle sechs Jahre wiedergewählt worden. Inzwischen herrsche Überfluß, um jede offene Stelle bewerbe sich bald eine Hundertschaft arbeitsloser Lehrerinnen oder Lehrer. Das wirke sich aus, auch auf die bereits Gewählten. Wohlverhalten über alles.

Sich ducken. Anpassen. Nicht auffallen, nur ja nicht unangenehm auffallen. Politisch nur ja mit der Mehrheit marschieren, sonst fangen die troubles an. In einem Dorf wie H. liegt auch dieses Bild hier in der Zeitung fast in jedem Haus auf dem Tisch. Jeder kennt mich, wo ich ja erst noch in H. aufgewachsen bin. Unser Lehrer Moll als Demonstrant, in eine Schlägerei mit der Polizei verwickelt. Diese A-Werk-Gegner, bestenfalls Spinner! Vermutlich subversive Elemente. So wird's den Leuten doch eingetrichtert. Motor-Columbus, Brown-Boveri, Sulzer, Alusuisse, Atel, dazu die Großbanken, – die mächtigsten Konzerne im Land sind doch im A-Werk-Geschäft engagiert. Die rechnen den Leuten seit zehn Jahren vor, wie wichtig die Atomenergie für uns alle sei. Sie operieren mit der Angst, wie üblich. Und da kommen also diese linken Radaubrüder und wollen die Zufahrtswege zum AKW Gösgen besetzen? Und unser Lehrer Moll vorneweg, – hier: der schmeißt sogar Granaten! Kapiert? Da wird's heiß.

Aber die könnten ihn doch nicht deswegen abwählen?

Will eine Gemeinde einen Lehrer los sein, so schafft sie's. Gründe finden sich notfalls genug.

Esther: Du, Karl ist doch im Gemeinderat.

Karl? – Unser gemeinsamer Vater. Nik lachte ein wenig. Esthi, du meinst, er rührt da einen Finger? Er als Mozartliebhaber und Vertreter der Unternehmerpartei?

Und wieder Nik dann: Warten wir ab. Kommst du mit? Er deutete in die offene Aare. Und ihr? Gemeinsam gingen sie den Uferweg aufwärts, aus dem Schwimmbad hinaus und unter den Uferbäumen und der Eisenbahnbrücke durch immer weiter. Von dem Bild im Tagblatt wurde nicht mehr gesprochen. Dort, wo die Aare sich zwischen den Felsen durchfrißt und sich zum Becken des Chessi-Lochs weitet, sah man die beiden Inselchen. Sie kletterten über's Ufergeländer, sprangen auf die vom Wasser hier blankgespülten Felsplatten hinunter, auf denen wateten sie erst noch fünf Meter hinaus, dann stießen sie sich eins nach dem anderen in die rasche Strömung ab. Esther wußte, man mußte gleich von Anfang an mit voller Kraft schwimmen, schräg gegen die Strömung, dann schaffte man's. Sie schwamm, sie schwamm an Ort gegen den ziemlich hochgehenden Fluß. Allmählich kam sie aber dann doch näher, zwar immer auf gleicher Höhe, aber näher zum Felseninselchen, fast plötzlich war die Strömung weg, sie schwamm atemlos jetzt unterhalb der Insel im ruhigen Wasser der Waage. Ein paar Züge, dann spürte sie den angeschwemmten kiesigen Grund unter den Füßen.

Zusammen schwammen sie dann flußabwärts. Esther legte sich auf den Rücken. Vom Lachen der anderen hörte sie nichts mehr. Durch die Ohren knapp unterm Wasserspiegel herein das Glucksen und dieses Rauschen. Sie schloß vor der Bleisonne da oben die Augen. Sie trieb mit dem Wasser, sie machte sich leicht. Immer weiter und weiter hätte sie jetzt so hinabtreiben wollen. Die Aare trug und wiegte und umschmiegte sie. Immer weiter, über's Meer und nach Kenya. Gab's auch in Kenya Niagarafälle? Sie schrak auf. Rasch kraulte sie hinter den anderen her und ans Ufer.

Auf dem Weg durchs Schwimmbad zurück und zur Selbstbedienung ging Esther zwischen Monika und Nik. Sie müsse mit ihm noch was besprechen. Koni. Sie habe den Eindruck, mit Koni sei etwas los. Irgendwie komisch. Gut ja. Sie komme um halb sieben bei ihnen noch schnell vorbei. Ein heißes Würstchen dann mit Kartoffelsalat. Nik zahlte Esther und Monika und Rolf noch einen Kaffee hinterher, später ging Esther sich oben vor der Umkleidebucht noch duschen. Dieser eisige Strahl brannte beinah auf der heißen Haut. Und wieder war's wie jedesmal, wenn Esther unter der Dusche stand: wieder war sie auf einmal Jahre und Jahre zurückversetzt, zu Hause, sie und Koni und Vreni und Guido und noch ein Kind, sie alle vielleicht vier oder fünf, sie rannten durch den Platzregen quer durch das Wiesenstück zur alten Scheune hinüber, und wie sie schon ganz nah heran waren, die Pfützen und Tümpel vor sich, schlammiger Boden, sie rutschte aus, auch Koni flog neben ihr hin, nur Vreni konnte knapp noch bremsen. Vreni schaute sie an, wie sie da versuchten, aus diesem morastigen Dreck wieder hochzukommen. Und also Vreni, wie sie lachte, wie sie aufschrie, als sie sich plötzlich flach in das Dreckwasser fallen ließ und gleich anfing, triefende Dreckklumpen nach ihnen zu schmeißen. Jetzt johlten sie alle. Jetzt flog der dunkle Brei hin und her und in die verschmierten Gesichter, sie lachten, sie schrien, ja, und irgendwann stand aber die Mutter in Stiefeln da, zerrte sie an Haaren und Ohren heraus und bugsierte sie alle vier oder fünfe zu Hause in die Waschküche, nahm den Wasserschlauch und spritzte drauflos, sie wären fast hintenübergefallen vom kalten Strahl, dann hieß es marsch, marsch, ins Bett. Immer noch, immer wieder unter dem Wasser fiel ihr das ein. Wie Koni weinte. Wie Vreni noch immer faxige Gesichter schnitt. Wie lange noch wollte das dauern, daß Esther ihre Kindheitsgeschichten für Sekunden wiedererlebte, als wären sie gestern gewesen?

11

Um zwei mußte sie wieder in der Bank sein, im zweiten Stock rechts hinten, Wertschriftenabteilung, ihr Platz.

Herr Moser war wieder auf einer Konferenz. Wo der immer bleibt, sagte Herr Keller. So viel Konferenzen, das gibt's doch gar nicht. Wissen Sie was? Moser baut ab. Wenn der so weitermacht –

Was das jetzt wieder heiße. Frau Schwarz stellte die Buchungsmaschine auf «stop». Nein nein, der Moser gehe auf die Fünfzig zu, da könne er sich ja schließlich allmählich eine etwas gemütlichere Gangart leisten.

Gerade nicht! Nichts mehr könne der sich leisten. Herr Keller hatte jetzt sein Fuchsgesicht. Vor drei Jahren noch seien sie hier fünf Leute gewesen. Und jetzt? Sie, die Esther, ich. Klar, Wertschriften seien für ihre Bank kein Schwerpunkt. Aber sie sollten sich den Abteilungsumsatz ansehen; der steige und steige. Wär's nach Moser gegangen, sie säßen heute zu sechst hier. Die hängen uns in Zürich an den zentralen Computer und: aus. Aus mit dem Börsenexperten Moser. *Das* ist der springende Punkt, kapiert? Keine Frage, Moser sei ein prima Fachmann gewesen. Ganze Branchenanalysen habe der im Alleingang gemacht, solche Charts gezeichnet, solche! Die unten am Schalter wußten, auf Mosers Wochenbulletins konnten sie sich verlassen. Jetzt sind sie über den Telex direkt mit der EDV in der Zentrale in Zürich verbunden, und nächstens kämen die Terminals, das sei längst beschlossen. Dann geht's noch schneller, innerhalb von Minuten die News aus Tokio, vom Mailänder Ring oder vom Big Board, und ausgewertet, bereits ausgewertet! Was die Wahrheit ist: dem Moser sein ganzes prächtiges Know-how sei überflüssig geworden: Ob sie wirklich verstünden: überflüssig? Und was das für einen Mann, einen Top-Experten wie Moser bedeute? Moser sei out. Was bleibt dem anderes als Valiumfressen? Oder König Alkohol? Nicht soviel könne der sich noch leisten, sagte Herr Keller. Für das, was wir hier noch tun, für eine Abteilung wie wir hier, da braucht einer die Prokura doch längst nicht mehr. Moser ist zu teuer, versteht ihr. Da genügte ein tüchtiger Abteilungsleiter ohne Prokura auch. Längst, sagte er.

Frau Schwarz konnte sich nicht verkneifen zu sagen: So ein flotter Aufsteiger wie Sie, Herr Keller?

Wie heißt's doch im Arabischen, sagte Herr Keller: Hab Zeit, und man wird die Leichen deiner Feinde an deinem Zelt vorübertragen. Ja, ja, die Araber. Die wußten noch, was Schicksal ist.

Als Herr Moser hereinkam, steuerte er nicht hinter seine Glaswand. Er kam geradewegs auf Esther zu. Sie erschrak, aber gleich wußte sie auch, das konnte nichts Schlimmes bedeuten. Herr Moser nickte schon: Tüchtig tüchtig, unsere Esther. Gestern im Schachclub habe er zufällig ein Wort mit dem Berufsschul-Vorsteher geredet. Esther Moll? Oha, eine der Besten! Das höre man gern. In einem Jahr, nach der Abschlußprüfung, werde sie es erleben. Schon jetzt seien selbst im Bankgewerbe die Plätze knapp. Und das gehe weiter. Jetzt schon meldeten sich in den kaufmännischen Berufen fünf Leute auf *eine* offene Stelle. In einem Jahr schon werden es zehn sein, passen Sie auf! Da zählt dann wieder ausgewiesene Leistung. Und der entsprechende Leumund. Sie, Esther – er legte ihr sekundenlang die Hand aufs Schulterblatt – werden es schaffen. Die Ohren steif wie bisher und um Sie braucht man sich keine Sorgen zu machen, nicht um Sie.

Jetzt erst, und eigentlich zum erstenmal, roch Esther die Fahne.

Schnaps. Herrn Mosers kleine Augen glänzten, als er für einen Moment noch stehenblieb, bevor er nach vorn ging.

12

Wer schreibt hier, wer spricht? Wer weiß, wie diese noch nicht einmal Achtzehnjährige, dieses Kind, diese Frau als erfundene, erhoffte Figur mit den anderen gleich nach halb sechs im Aufzug steht, Herrn Mosers Stimme und Fahne im Kopf und Niks Bild im Tagblatt und wieder das Schwimmgefühl für ein paar Augenblicke und das Zelt mit der Karawane, die vorüberzog, und Frau Schwarz' toupiertes Haar dicht vor sich, bis die Tür wieder lautlos aufging und sie alle in die Halle auf die Straße entließ?

Sie ging die Straße hinunter. Schreiben, wie es sein könnte. Daß Esther vorhatte, für Aschis kleine Küche drüben bei Nordmann eine Teflon-Pfanne zu kaufen. Sie bog gegen die Brücke ab. Vor dem Rotlicht blieb sie stehen. Auf der anderen Seite sah sie im Fußgängerknäuel vor dem Stopplicht Rolfs Kopf. Grün, Rolf drängelte durch, auf sie zu. Sie wollen André verhaften. Das sagte er. Aber sie konnten doch hier, fast mitten auf der Straße, nicht stehenbleiben. Sie ging mit ihm zur Ampel zurück. Verhaften? – Rolf sagte: Erst hab ich gedacht, mich streift ein Bus. Aber André ist untergetaucht, vorerst. Jetzt sammeln wir Unterschriften. Hier, siehst du? Wenn André hängt, wollen wir auch drinhängen. Ist doch klar. Alle haben beschlossen, gemeinsam. Wir alle. Die Rädelsführertheorie – ein fauler Trick von denen. Ist André schuldig, sind wir's auch. Hier: «Die Unterzeichneten bezichtigen sich –». Ja. Ja klar, das fand Esther okay. Sie unterschrieb. Rolf sagte, du, ich mach' die Fliege. Ciao. Er hob ab. André, das war doch der mit dieser Stimme am Lautsprecher. Die Vollversammlung des Schweizerischen Aktionskomitees gegen das Atomkraftwerk Gösgen SAG hat beschlossen: Wir besetzen die Zufahrtsstraßen. Friedlich, hört ihr? Keine Gewalt! Verhaften? Rolf war schon in Ordnung. Mit diesen ewigen immer neuesten Sprüchen ging er ihr zwar leicht auf den Geist. Die Fliege machen. So richtig wollte sie da ja auch gar nicht drin sein. Aber sonst, Rolf immerhin.

An den langen Schaufenstern von Nordmann vorbei ging sie langsamer. Sie blieb stehen. Twen's Shop. Sie musterte den hellen Overall. Nicht schlecht. Jeansstoff hellbeige. Aber 145 Franken! Fast genau ein Drittel ihres Bruttolohns. Da müßte sie ihre Ferienreserve anbrauchen. Nein, mit Aschi zusammen im Herbst nach Taormina trampen, war ihr denn doch wichtiger. Die Augen der Schaufensterpuppe im Overall blickten sie an. Sie ging drei vier Schritt, – immer noch, die schaute sie an. Erst jetzt fiel ihr auf, die Puppe war aus Plexiglas, nur im Gesicht bemalt. Wie das ausschaut. Hals, obere Brustpartie, die Hände, alles durchsichtig. Wie die das aushält, so, ohne Haut? Drin fischte sie sich einen dieser Plastikkörbe. Man kann sich vorstellen, wie sie da zwischen allen diesen Leuten und den Regalen durch die Haushaltsabteilung ging. Das Stimmengesumme. Die Evergreens der Big-Band von überallher. Die Augen der Monitoren, die überwachten alle, und wieder die Ansagerinnenstimme mit dem letzten Angebot. Ihre Chance, drei für zwei, die letzten Minuten, greifen Sie zu, und wie auf einmal, als sie schon vor dem Regal mit den Pfannen stand, diese Müdigkeit sie überkam. Ganz kaputt war Esther auf einmal. Sie blieb stehen. Mit geschlossenen Augen tastete sie nach dem Regal neben sich. Ich habe die Jeans, die Bluse an. Nein, sie war nicht nackt, sie war nicht durchsichtig, sie hatte nur auf einmal keine Haut mehr, alles hier prasselte von ringsumher auf sie ein, das tat weh. Keine Haut mehr. Für Sekunden kapierte sie jetzt, warum die Puppe da draußen so verzerrt lächeln mußte. Auch sie war hier ausgestellt; auch sie hätte lächeln müssen. Ausgestellt wie alles hier, letztes Angebot, drei für zwei, sie spürte, sie selbst war jetzt Teil des günstigen, riesigen Angebots, eins mit den Kinderjäckchen und den Blusen und den herrlich erfrischenden Badeschaumseifen dort drüben und den Teflonpfannen und Freizeitjacken, sie war hautfein und war Sunday-is-a-fine-day und war auch ein Hit der Woche und eins mit den Schaumgummi-Trevira-Polyestersachen und war der Tip für den Urlaub am Meer, sie kostete achtunddreißig achtzig und war jetzt nur müde, müde, nicht mehr sie, Esther, sondern Teil des Angebots, Ware Esther, ohne noch eine Haut, die sie geschützt hätte. Überhell alles hier. Überlaut, und jeder hier durfte sie anfassen und nach dem Preisschild sehen. Noch als sie die idiotische Teflon-Pfanne mitnahm und nach vorn ging, hatte sie das Gefühl, eckig, wie Puppen, zu gehn, mit diesem ihr von irgendwoher befohlenen Lächeln, das sie an sich jetzt so haßte.

Ob Aschi das verstehen konnte? Er war knapp vor ihr nach Hause gekommen. Und er sagte nur, er möchte wissen, was eigentlich mit ihr los sei. Aber das mußte er doch verstehen, wenigstens das: sie hatte auf einmal keinen Schutz mehr gegen das alles.

Und alles dieser Scheiß-Demo wegen?

Ja. Wahrscheinlich. Seither habe sie manchmal plötzlich das Gefühl, sie spinne. Sie habe keine Haut mehr. Sie sei nicht vorbereitet gewesen auf das hier, und jetzt, auf einmal, sehe sie nur noch, alles ringsum sei irgendwie aggressiv, ja, so, in der Bank und in der Schule und überall. Aschi legte eine seiner Rockjazz-Platten auf. Aber hier, das gibst du doch zu, ist's gemütlich. Er lachte sie vom Rohrsessel aus an. Hörst du: jetzt kommt gleich das irre Sax-Solo. The Bird. Der ist der Größte. Hör jetzt. Er pfiff mit. Überlaut. Überhell.

Hier, das sei für die Küche. Sie stellte den Sack neben den Herd. Sie müsse schauen, um halb acht zu Hause zu sein. Aschi umarmte sie. Sie standen an die Tür gelehnt. Gut, ja.

Aschi war fast einen Kopf größer als sie. Seine Küsse. Ja, das war gut. Und wie er sein Gesicht an ihren Hals preßte. Er hielt sie mit seinen Armen immer noch fester. Wie stark er war. Aber plötzlich auch ganz tief in ihr drin das Gefühl, auch er, auch Aschi suche Sicherheit. Über seine Schulter sagte sie: sag's mir.

Aschi blieb sekundenlang still. Und wieder sie: Vielleicht haben alle Angst?

Er ging wieder zum Bett hinüber, er setzte sich, die Hände zwischen den Knien. Vielleicht, sagte er. Vielleicht sei es das. Eigentlich erst neuerdings, er sei manchmal allein im Büro und er sitze vor ihren Dispositionstabellen und sei vielleicht ein bißchen müde, da begännen manchmal diese Tabellen und Kurven zu verschwimmen, ob sie verstehe? Auf einmal diese Schwere in den Gliedern, auf einmal dieses Gefühl, in diesem ganzen riesigen Räderwerk allein zu sein und irgendwie ohnmächtig zu sein, ohnmächtig oder sagen wir vielleicht ausgeliefert und die Stille tickt dir in die Ohren, und jetzt weißt du auf einmal: jetzt, während du dasitzt, fallen irgendwo Entscheidungen, die betreffen dich mit, – vielleicht wird eben jetzt, in dieser Sekunde, der Abbruch des Hauses hier beschlossen oder gerade jetzt sitzen irgendwo in einem von Tausenden von Sitzungszimmern sieben oder zwanzig Leute zusammen und kaufen oder verkaufen die Firma, in der du hier sitzt, oder der Ölpreis wird morgen verdoppelt oder deine Planstelle hier wird eben jetzt von einem Rotstift gestrichen, grad zufällig in einem dieser Tausende von Büros grad zufällig deine, und vielleicht gehen grad jetzt deine Daten irgendwo in einen Computer und werden mit einer Schlüsselziffer versehen, die du nicht aufschlüsseln kannst, vielleicht gehen irgendwo aus einem Sitzungszimmer grad eben jetzt ein paar Herren mit ihren Aktentaschen und haben beschließen müssen, daß irgendwo in einem Sportstadion vielleicht alle Leute deines Jahrgangs oder was weiß ich des Jahrgangs Fünfunddreißig sich zur Überprüfung zu melden haben und irgendwo üben ausgerechnet jetzt hundert Leute das Schießen auf Mannsscheiben im Einzelschuß und über der Kreuzung da vorn wird eben eine Kamera zur Überwachung installiert und irgendwo gehen siebzig Panzer in Wäldern in Stellung. Und ich, verstehst du, ich helfe da mit. Ich trage die Transportstrecken für jeden einzelnen Wagen ein, der Chef-Disponent sagt: Nummer Zwounddreißig, der soll von Mailand aus gleich nach Genf hinüber, da nimmt er die Ladung gleich mit nach Frankfurt, okay, soll einen Tag zulegen, und ich wieder am Telefon und sage zu Rudin in Mailand, was los ist und hör mir an, wie der Gottverdammich sagte und aufhängt. Weißt du, das ist dann wie eine Lähmung, ich sitz einfach da, zeichne ein wenig auf dem Papier herum und – ja, vielleicht habe sie recht: Angst, wenigstens so etwas wie ein Vorgefühl. Ach, du, sagte er. Er hob jetzt den Kopf, er schaute herüber. Du, wir sind gesteuert. Das denk ich jetzt manchmal. Sogar hier, hier in mir drin hat etwas von mir Besitz ergriffen, etwas Fremdes, das treibt mich an und ich weiß, das bin gar nicht ich, etwas Fremdes, und – ja, die Angst davor.

Sie war froh zu sehen, daß er's geschafft hatte, das alles zu sagen. Irgendwie brachte sie es in sich drin auch zusammen mit diesem dummen schlimmen Zweikampf mit dem Ford Mustang neulich, und sie entschloß sich, was er gesagt hatte jetzt, auch ein wenig als so etwas wie eine Entschuldigung von ihm anzunehmen.

Hast du auch vor sieben Jahren gedacht, sagte Aschi: jetzt dann, jetzt gleich, beginnt das große, das freie Leben? Und vor fünf Jahren und vor einem Monat, und immer ist zufällig etwas anderes passiert und wir haben gesehen, das riesige offene Feld vor uns wird kleiner und immer enger, sagte Aschi. Jetzt sind wir froh, wenn wir noch unseren schmalen Platz haben. Klar du, was du erzählt hast, klar doch, daß ich das versteh. Wir beide – zusammenhalten! Klar?

Sie nickte. Sein «Zusammenhalten» hatte fast auch wie eine Bitte geklungen. Liebster, sagte sie, «Liebschte», von der Tür aus. Dann ging sie.

13

Sie ging die Altstadtgasse aufwärts. Schon nach zweihundert Metern war sie da. Sie drückte auf den viertuntersten Knopf, ging durch den dunklen Flur, hinauf. Nik stand in der Tür, das Licht hinter sich. Drinnen sagte er etwas von Monika, die war noch nicht zurück. Paß auf, der Hocker da geht aus dem Leim. Hier.

Er hörte sich diese Geschichte von Konis Schreibkrampf an. Noch mal, wie ist das. So also. Und so. Ich hab's ihm glauben müssen, weißt du? Wie er da so vor mir am Boden gehockt hat, ich glaub's ihm, Nik.

Verrückt. Er höre von so etwas zum erstenmal. Klar, irgendwas in ihm drin, sagte er. Das blockt ihn ab. Vielleicht, daß Koni das Hochdeutsch so irgendwie wie eine Fessel empfindet für das, was er sagen will? Als eine Art von Dressur? Er erlebt's als Fremdsprache, vielleicht so? Ist's ja für uns auch. Fremdsprache, und doch natürlich verwandt, ganz anders als Französisch für uns oder Englisch. Komisch. In Wörtern und Sätzen stecke ja wohl immer auch eine Art zu denken und zu fühlen. Oder, wenn du willst: zu sein. Damit, mit diesem Konflikt, kommt er jetzt nicht mehr zu Rande. In ihm drin rebelliert vielleicht ganz einfach das, was er eigentlich selber wäre und sein will, gegen das, was er sein müßte. Ich weiß nicht. Nik schaute sie an. Man sah, wie er nachdachte. Lernen wir auch Haltungen, wenn wir Sprache lernen?

Jedenfalls, sie glaube nicht, daß es viel Sinn habe, mit ihm nur einfach drüber zu reden. Zwar, sicher, auch er, Nik, müsse es versuchen. Sie glaube, das steckt tief. Vielleicht ist Koni nur einfach krank? Was meinst du?

Oder er ist supergesund, eigentlich? Überleg einmal: wie hat er sich in den letzten zehn Jahren verhalten, – ihm, Nik, sei fast unheimlich gewesen, wie sehr Koni immer gespurt habe, immer der brave, tüchtige Schüler, immer top gut in seiner Leichtathletik, immer ohne zu mucksen, wenn Karl etwas verfügte. Und ganz zuinnerst stimmt's eben mit diesem Bravsein nicht. Du, ich meine: gottseidank eigentlich gibt er jetzt solche Signale.

Und wenn er über diesen Krampf aber nicht wegkommt? Und er fliegt zwei Jahre vor der Matur noch vom Gymnasium? Eins Nik: reden mußt du auch mit Karl. Der dreht sonst noch durch.

Gut, das war ausgemacht. Und er kenne, hier im Quartier, einen Schulpsychologen, mit dem er auch reden wolle.

Esther ging. Erst unterwegs nach H. hinaus merkte sie, der Fahrtwind trieb ihr Tränen schräg über die Schläfen ins Haar. Immer wieder mußte sie mit dem Handrücken über die Augen wischen. Sie wollte ja auch keinesfalls, daß Karl merkte, da war etwas mit ihr los. Nur ja nicht. Sie sah schon das Tagblatt mit Niks Bild auf dem Eßtisch liegen. Schon Karls Gesicht.

Koni und die Mutter waren in der Küche. Esther spürte gleich, Karl war nicht da. Koni von der Eckbank hinter dem Tisch aus lachte ein wenig mit den Augen, sie sah gleich, daß er Glück gehabt haben mußte. Mutter hat unterschrieben, sagte er.

Ihr zwei seid ja gut! Deshalb also schaut ihr wie Bankräuber aus. Sie holte Käse auf den Tisch. Zwei harte Eier seien auch noch da, und ein Joghurt. Esther gab der Mutter einen Kuß auf die Schläfe. Immer auf der Seite der Schwächeren! Aber, wenn's auskommt, was ist dann?

Die Mutter: Iß jetzt.

Und Koni sagte, eine Notlüge, ja. Aber die zwingen einen ja dazu. Er werde halt sagen, der Vater sei für ein paar Tage verreist, geschäftlich.

Das Tagblatt lag tatsächlich auf dem Tisch, zusammengelegt. Und wegen dem hier, was hat Karl gesagt?

Jetzt war die Stimmung schon wieder weg. Mutter setzte sich zu ihnen beiden. Um sechs sei er gekommen, habe sich ohne ein Wort ins Arbeitszimmer verzogen, um halb sieben war er schon wieder weg. Wohin, wußte die Mutter nicht. Nur das habe er gesagt, hier, im Flur, als er die Jacke wieder anzog: Und da hat man das Beste gewollt. Fünfundzwanzig Jahre lang das Beste. Dann sei er gegangen.

Schlimm?

Die Mutter habe ihn kaum je so gesehen. So etwas wie Verzweiflung, weißt du, wie Verzweiflung. Und so einen merkwürdigen Zug im Gesicht, sie habe auf einmal denken müssen, wie er jetzt alt sei, viel älter als sonst, ob Esther verstehe?

Die Mutter ging dann hinüber und machte den Kasten an. Esther und Koni gingen nach oben. Koni kniete neben ihrem Tischchen und schrieb dicht neben ihr. Und sie hatte sich so aufs Bett gelegt, daß sie vor sich die Blätter des Aufsatzes hatte, das Lampenlicht drauf. Und gleichzeitig konnte sie sich so hinüberbeugen, daß sie neben Koni auf das Blatt schaute. Immer las sie erst einen der Sätze aus dem Aufsatz vor. Wenn eines der Wörter in Schweizerdeutsch kam, fragte sie Koni, wie's im Hochdeutschen heiße. Fast jedesmal wußte er mühelos die Antwort. Mündlich, sagte er, sei eben nicht das Problem. Er mußte dann das Wort buchstabieren. Er mußte es dann erst auf ein gesondertes Blatt schreiben. Wieder standen, wenn sie's kontrollierte, Wörter da wie «Louf» statt «Lauf», oder er schrieb statt «fünf» wieder «föif», statt einem «l» ein «u». Wieder diktierte sie ihm diese Wörter, Buchstabe für Buchstabe. Als Koni plötzlich aufsprang und sie anstarrte, sah sie eine Wut auf seinem Gesicht. Und hörte sein Murmeln: Ich kann doch nicht, ich – ach leck mich doch! Sie faßte sein Handgelenk, zog ihn wieder herunter. Jetzt nicht durchgedreht! Ganz ruhig, los, komm: «Seit drei Jahren trainiere ich auf die Schweizer Juniorenmeisterschaft». Also noch mal: «Seit drei Jahren» – hast du's?

Einmal waren sie und Koni hinten vom Garten aus ins Haus gekommen. Es war heiß draußen. Sie hatten im Planschbecken gebadet, jetzt gingen sie durch den dunklen Flur zusammen in die Küche, weil sie dem Vater etwas vorführen wollten. Sie öffneten die Tür. Sie waren fast sicher, der Vater würde sich freuen, wenn er sie so sähe, in ihren lustig vertauschten Kleidern. Sie gingen noch zwei drei Schritt in die Küche vor, sie in der kurzen und zu engen Trägerhose von Koni und dessen gestreiftem Leibchen, Koni hatte ihr gelbes Tüllröckchen an, und neben seinen Ohren standen zwei winzige Zöpfe. Sie waren mächtig gespannt darauf, ob der Vater sie beide überhaupt erkennen würde. Vielleicht hielt er sie auch einfach für Hänsel und Gretel. Vater saß am Tisch, er strich sich ein Wurstbrot. Sie sagten, wie sie es geübt hatten, im Chor: Guten Tag, Herr Zauberer! Sie waren sicher, daß er jetzt wieder einmal mit ihnen lachen würde. Vater sagte aber nicht: Ja, wer kommt denn da?, er murmelte nur «Himmelarsch», er stand plötzlich dicht vor ihnen, jetzt begann er zu brüllen, nach der Mutter, ob sie denn nicht aufpassen könne, und dann brüllte er Koni an: Zieh das Zeug sofort aus, los los, runter damit! Er erwischte Koni grad noch unter der Tür und riß ihm tatsächlich das Röckchen vom Leib. Koni entwischte ihm, wieder in die Küche herein, und Esther sah noch heute Konis zittrigen Körper neben sich, als er eine Sekunde stehenblieb mit den weit geöffneten Augen, ehe er unter dem Tisch verschwand. Esther weinte laut, und als dann auch die Mutter noch erschien, hielt sie sich, jetzt auch unter dem Tisch, mit beiden Händen die Ohren zu. Vater verschwand dann im Büro. Mutter führte Koni ab. Der Vater erschien wieder unter der Bürotür, er schrie etwas, dann verschwand er wieder. Das wiederholte sich. Als es dann knisterte vor Stille im Haus, wußte Esther zwar nicht, warum niemand sich über sie aufgeregt hatte. Sie wußte nur, daß Koni nie mehr würde ein Mädchen sein wollen. Und noch etwas wußte sie, jedenfalls war sie schon fast ganz sicher. Mit Koni hatte Vater jetzt etwas Besonderes vor.

Als Koni gegen elf mit den fünf frischen und wahrscheinlich jetzt fehlerfreien Seiten hinausging und unter der Tür noch sein «Merci, du», murmelte, war auch sie so ziemlich fertig für heute.

14

Behaupten, so war's. Nein. Das Mögliche beschreiben. Möglich, ja wahrscheinlich, daß sie sich fühlt wie ausgelaugt. Schläfrig nicht, überhaupt nicht. Überhell. Als von unten, vom Fernseher her, augenblickslang eine Sirene heraufheulte, muß der auf- und abschwellende Ton sie erschreckt haben. Notalarm. Wie sie so dalag, auf dem Bett, auf dem Rücken, die eine Hand unterm Hinterkopf, konnte sie sich die Mutter vorstellen, wie sie da unten im Wohnzimmer saß und die Jagd mitverfolgte. Mutter konnte vor der Mattscheibe lachen und weinen. Der Dienstag-Krimi war eine ihrer Lieblingssendungen. In diesem Punkt war sie wie ein Kind. Aber sowie der Film dann ausblendet, würde sie sich in ihrem Lehnstuhl wieder überlegen, wie sie Karl auf andere Gedanken bringen könnte, Esther wußte es. Wieder, noch immer, lag sie reglos da. Sie schwamm auf dem Rücken. Sie mußte sich kaum bewegen, die Strömung der Aare trug sie. Trug sie jetzt immer ein bißchen schneller, Esther schaute ins Bleiige, ins Dunstigblaue über sich, sie trieb unter der Eisenbahnbrücke durch und immer schneller jetzt, sie hörte Aschi rufen, auf der Brücke standen Aschi und Nik, sie solle aufpassen, nur soviel verstand sie, sie solle ans Ufer schwimmen, aber sie konnte sich nicht mehr bewegen, sie trieb immer noch schneller, sie hörte das Rauschen der Niagarafälle von unten und immer näher, sie trieb ohne jede Macht über ihre Glieder auf die Fälle zu, – nein, sie war froh zu merken, daß sie ohne Mühe aufstehen und sich vom Regal über der Anlage eine Muratti nehmen und sie anzünden konnte. Dann nahm sie den Stuhl, stellte sich drauf, öffnete oben den kleinen Wandschrankflügel, tastete mit der Hand unter den Winterwollsachen herum, spürte das Kästchen und nahm's herunter. Sie hörte, als sie sich auf den Bettrand hockte und ihre mit getriebener Silberfolie überklebte Dose aufmachte und aufs Tischchen vor sich hingestellt hatte, daß Koni nebenan leise noch immer Transistor-Musik laufen ließ. Erst einmal las sie jetzt einen von Aschis Briefen wieder. Aschi wollte, daß sie ihn heiratete. Nicht gleich natürlich, aber wenn sie vierundzwanzig sei, dann unbedingt. Sie kannte alle diese Sätze längst, Wort für Wort las sie sie jetzt wieder. Dann nahm sie die Ohrenklips heraus, die stammten noch von Peter, Weihnachten vor zwei Jahren. Daneben legte sie den Milchzahn, den hatte sie auch immer noch da, daneben dieses Haarbüschel, warum das noch da drin war, wußte sie selbst nicht mehr. Sie hatte es Koni einmal neben dem Ohr abgeschnitten. Dann kam das Abonnement vom Skilift in Saanenmöser, noch immer zwölf Einheiten dran, dann die kleine Karte von der Monte Bre-Bahn, die Zeltferien im Tessin, das war auch schon vier Jahre her. Zwei Fotos noch, Peter wohnte jetzt in Bern, sie hatte nie mehr etwas von ihm gehört, und diese komische Patronenhülse, woher sie die noch hatte, wußte sie auch nicht mehr. Sie packte alles wieder ein. Sie stellte die Silberdose wieder oben an ihren Platz.

Karl noch immer nicht zurück. Sie machte leise die Tür auf, ging im Dunkeln hinunter. Am Fernsehen lief das Sportpanorama. Mutter war eingenickt. Sie erschrak, als Esther sie anrührte und fragte, ob sie nicht auch schlafen gehen wollte, schon zwanzig nach elf. Dann ging sie wieder nach oben. Keine Musik mehr. Sie horchte an Konis Tür, Koni schlief jetzt. Als sie unter der Decke war, hatte sie auf einmal Vater und Koni vor sich, vor langer Zeit. Damals hatten sie Vater noch nicht Karl nennen dürfen, eigentlich hätten sie ihn auch lieber immer einfach Vater genannt. Sie ging mit den beiden hinter der alten Scheune durch den Obstgarten aufwärts bis zum Reservoirhügel. Vater stapfte durchs noch immer feuchte Gras den kleinen Hügel aufwärts. Er hatte ein Seil umgehängt, mit einem Dreizack-Haken dran. Er bückte sich und hob den rostschwarzen Deckel weg. Früher, sagte er, sei das Reservoir die Wasserversorgung des Schild-Gehöfts gewesen. Koni und Esther schauten in das dunkle Loch, er vielleicht fünf damals, sie sechs Jahre alt. Sie sah, wie der Vater das Seilende an Konis Gürtel mit dem Haken festmachte, sie sah, wie Konis Augen unruhig vom Vater zu ihr und wieder ins Dunkle da unten gingen. Vorsichtig stieg Koni in den engen Schacht ein. Langsam ließ der Vater ihn am Seil hinunter. Ja, rief Koni herauf, er sei unten. Eine hohl tönende Koni-Stimme. Vater sagte hinunter, er brauche keine Angst zu haben. Und dann warf er Koni das ganze Seil zu. Koni sagte gleich, aber er habe Angst. Esther konnte, wie sie sich ins Gras kniete und über den Rand hinunterschaute, Konis helles Gesicht da unten sehen. Nur keine Angst, sagte der Vater. Esther konnte sich vorstellen, wie's da unten Schlangen und Krokodile gab und Kröten und das Geflimmer vor den Augen, wenn man vom Licht ins Dunkle schaute, sie konnte sich diesen großen Kellerraum vorstellen, die Scherben glitzerten in den Ecken, die Wasserlachen glitzerten, es roch nach feuchten Spinnweben, und Koni konnte sie sich auch vorstellen und das Zittern in seinen Schenkeln. Komm herauf, sagte der Vater. Er lachte Esther zu. Sie wußte jetzt, das war eine Prüfung, die Koni da bestehen mußte. Aber er könne doch nicht. Konis Stimme hatte jetzt einen Unterton von Weinen, er könne doch nicht, die Wände seien doch glatt. Der Vater sagte, nur keine Eile, selbst ist der Mann, und Koni solle ganz ruhig überlegen. Hast du Angst? Wir haben Zeit. Esther wußte nicht, ob sie so schnell auf die Idee gekommen wäre, aber Koni begann, das Seilende mit dem Haken dran heraufzuwerfen. Nach vier fünf Würfen hatte er den Trick heraus. Man mußte den Haken nach Art eines Pendels erst einmal schwingen lassen, dann erst nach oben abgehen lassen. Beim zehnten- oder fünfzehntenmal klappte es: zwei der drei Haken bissen sich da oben am Schachtrand fest. Gut, Koni, sehr gut! Der Vater strahlte. Esther schaute ganz genau zu, wie Koni das alles machte, wie er sich dann auch am Seil aufwärts hangelte, bis er endlich den Rand zu fassen bekam, wie er sich, mit den Beinen nachhelfend, aus dem Schacht herausstemmte. Sie wollte, wenn die Reihe jetzt gleich an ihr wäre, überhaupt keine Angst zeigen. Sie war sicher, daß sie's ebensogut wie Koni schaffen werde. Koni keuchte und keuchte, er war ganz fertig. Der Vater klopfte ihm auf Kopf und Schultern. Er war sehr zufrieden. Erziehen ist manchmal härter als erzogen werden, sagte er, als er den rostigen Deckel wieder übers Loch kippte. Kommt. Vater, dann Koni, gingen den Hügel wieder hinunter. Esther brauchte ein paar Sekunden, bis sie begriff, daß das Ganze hier etwas für Männer war. Sie zottelte dann unter den Obstbäumen durch hinterher.

Unten fiel die Tür ins Schloß. Rasch stand sie auf. Sie öffnete einen Spalt weit die Zimmertür, horchte, ging den dunklen Flur bis zur Treppe vor. Ging vor, an der Stelle vorbei. Die Stelle. Nie hatte sie jemandem gesagt, daß und warum der kleine Teppich mitten im Flur für sie «die Stelle» war, immer wieder und jedesmal die Stelle, wenn sie hier vorbeikam. Hier auf dem abgetretenen Teppich hatte das Heft mit den nackten

Frauen gelegen. Sie war heraufgekommen. Sie hatte plötzlich Mutters Stimme aus Konis Zimmer gehört. Sie war stehengeblieben. Mutters Stimme, halblaut, aber aufgeregt, dazwischen Koni, wie er etwas erwiderte. Da wurde die Tür zu Konis Zimmer aufgerissen, heraus flog das Heft. Sie sah es im Halbdunkel auf dem Teppich liegen. Sie hob's auf. Vorne drauf stand «Sex-Post». Während sie damit durch die offene Tür in ihr Zimmer ging, blätterte sie darin. Diese Brüste. Nackte Hintern, Brüste, Frauen, die ihre Schenkel spreizten. Sie schaute sie an. Sie spürte die Hitze, die stieg ihr über die Schultern in den Kopf. Ekelhaft. Sie sah so etwas zum erstenmal. Waren diese sich hier bloßstellenden Frauen ekelhaft? Aber auch schöne, auch aufregend schöne, ekelhafte Wesen? Sie fühlte, sie waren arm und kaputt und von Männern für Männer zugerichtet. Sie schaute das Heft später dann nochmal an. Dann steckte sie's unter der Treppe zum Altpapier. Noch wochenlang suchte sie eine Gelegenheit, um mit Koni drüber zu reden. Aber sie schaffte es nicht, davon anzufangen. Von solchen Dingen wurde im Haus nicht gesprochen. Ein abgetretenes, leeres Stück Teppich da im Flur. Die sündige Stelle, noch heute. Noch jetzt, da sie bis zum Treppenabsatz vorging. Sie spürte Herzpochen im Hals. Unten in der Diele war Licht. Überhell. Überlaut. Aber Karl unten schrie nicht. Wieder dieses Gefühl: keine Haut mehr. Sie wußte, auch Mutter hatte jetzt Angst da unten. Diese Angst von der Sorte wie dort in Dulliken in der

Unterführung, wie neben Aschi im Wagen, wenn er durchdrehte, wie in der Bank jetzt oder wie sie von Lehrer Lanz ausging, ja, sie hatte diese für sie ganz neue, merkwürdige Sorte von Angst entdeckt, und überall, überall entdeckte sie sie jetzt wieder, eine Sorte von Angst, die von mehr als nur von einer Person ausging, eine Sorte, die ausging von etwas Allgemeinem, von etwas weit über ihr Verstehen hinausgehendem Fremden. Dagegen konnte sie in sich überhaupt nichts mobilisieren außer der Wut über soviel Wehrlossein. Hier war sie also wieder, natürlich durchmischt zwar mit der alten Sorte von Angst vor Karl, wenn er lospolterte. Aber er polterte nicht. Sie hörte nur halblaute Fetzen wie: einen Riegel schieben, die werden noch staunen, soll mir nur unter die Augen und blamiert vor der ganzen Öffentlichkeit, so ging das fort.

Nein. Das Mögliche erzählen. Wie's draußen ein Uhr schlug. Immer noch mal versuchte sie, bevor sie einschlief, eine Ordnung in diese Gedanken und Gefühle da drin zu bringen. Immer wieder hörte sie das Rauschen von Wasserfällen näherkommen. Vielleicht das Rauschen der Ströme Afrikas, oder möglich, das Rauschen von Kenyas Wäldern.

Das ging nicht weg. Ging ganz nicht weg. Wie auch, wo zwar irgendwann am frühen Morgen der Wecker sie hochtrieb. Wo Traumsträhnen und verschwitztes Haar ihr ins Gesicht hingen, wie sie da minutenlang auf dem Bettrand hockte und doch unfähig war, auf die Beine zu kommen. Kann man das sagen: sie fühlte sich wie abgestorben? Wo sie doch im Traum gebeten hatte, sie sollen sie in Konis Panzer bringen, dort wolle sie bleiben. Aber niemand hörte ihr zu, niemand verstand sie, sie trugen sie auf den Reservoirhügel, sie ließen sie durch den Schacht hinunter, und da hatte sie, da, im feuchten, aber wasserlosen Dunkeln hatte sie zu bleiben auf ewig, jedenfalls bis die Posaunen sie dereinst heraufriefen zum Gericht. Das ging nicht weg, nicht weg. Sie legte sich wieder hin.

Irgendwann rief von unten die Mutter. Irgendwann spürte sie, wie die Hand ihr über die Stirn strich und prüfend drauf liegenblieb, spürte sie das kalte Glas des Fiebermessers unterm Arm, hörte sie wieder die Mutter, wie sie sagte: siebenunddreißigfünf. Mädchen, grad schlimm ist's nicht. Gegen Abend dann aber doch in der Praxis von Doktor Zuber, der horchte mit seinem Gerät vom Rücken und von der Brust her in sie hinein, sie mußte husten. Er horchte. Er fand nichts heraus. Er gab ihr Pillen mit, dreimal täglich. Vielleicht ist sie auch nur übermüdet, sie soll richtig nachschlafen. Noch immer kam sie aus diesem Traumgewirre nicht hoch. Darin tauchte ein paarmal der Vater auf, und jetzt hatte sie doch wieder das Gefühl, die ganze Angst gehe von ihm aus, und sie nahm ihren Mut zusammen und schrie ihn an, schrie, kam sich aber im Erwachen nur wieder noch hilfloser vor. Oder auch das: wie Erna sagte: Ihr habt von hier keine Ahnung. Was glaubt ihr, was hier los ist? Und wie sie Esther, wenn die Mutter ins Dorf ging, halblaut erzählte, da habe Roger Bader eine Zeitbombe gebastelt, wochen- und wochenlang, jeden Abend auf dem Küchentisch, mit Wecker und Drähten und Sprengstoff, Scheddit, aus dem Steinbruch, dort war Bader Mineur. Die habe er der Maria Bader, das war seine Frau, eine richtige Schönheit weitherum, nachts an den Hals gebunden. In sechs Stunden, habe er gesagt und habe den Wecker vor sie auf den Tisch gestellt, fliegst du mit dem ganzen Haus hier in die Luft, lebwohl, dann bin ich längst auf dem Weg nach Australien. Nur per Zufall, daß der Pöstler früher als sonst kam und sich sagte, das gibt's doch nicht, die Schönheit muß doch zu Hause sein, der hat sie dann gerettet. Sechs Stunden, mit dem Wecker, und ans Bett gefesselt. Seither habe die Bader Maria weißes Haar. Und Erna sagte: das ist das Leben hier. Noch im Fieber kam Esther drauf, sie hätte diese Geschichte wahrscheinlich wie fast alle anderen Ernageschichten vergessen, wäre da nicht noch dieser Schluß gewesen. Sie verstand das nicht. Ihr Kopf tat weh vor lauter Anstrengung herauszubekommen, was denn diesen Mann zu so etwas getrieben haben könnte und warum das das Leben hier war. Sie verstand nicht, verstand nicht. Noch mal versank sie. Ob Tag oder Nacht, das war jetzt für sie kein Unterschied. Zu sehen und zu spüren, daß immer einmal wieder die Mutter da und um sie war, tat gut.

Einmal stand sie auf, ging im Pyjama in den Flur hinunter und wählte Margrits Nummer. Margrit sagte: Was ist eigentlich los? Seit Freitag kein Ton von dir? Sie habe Aschi schon angerufen, aber der habe nur gesagt, so ein bißchen abwesend seist du gewesen, vielleicht wegen der Demo, so ein bißchen wie stoned. Du bist doch nicht etwa krank? Nein nein, sagte Esther. Nur müde. Und Angst, weißt du? Und als Margrit nichts sagte: Du, ist es eigentlich sicher, haben wir eine Seele? Margrit sagte: Wie du *da*rauf kommst! Und nach einer Weile: ich komm vielleicht kurz bei euch draußen vorbei. Margrit und sie waren schon seit dem ersten Lehrjahr zusammen. Esther konnte eigentlich über alles mit Margrit reden. Fast täglich waren sie zusammen, und wenn auch nur, nach Büroschluß, auf eine halbe Stunde im «Tiffany». Warum hatte Esther an Margrit seit Samstag überhaupt nicht gedacht? Sie ging wieder unter die Decke. Sie fror. Weil Margrit nicht an der Demo gewesen war? Weil Esther niemandem, der nicht dabei gewesen war, würde klarmachen können, warum ihr einfach nicht gelang, diese neue Angstsorte loszuwerden?

15

Aschi und Margrit kamen zusammen, mit Aschis Fiat er hatte ihn grad erst heute um fünf eingelöst. Margrit bestätigte, der Wagen war große Klasse. Aschi umarmte sie. Margrit brachte eine ihrer Pink Floyd-Platten mit. Also was ist los. Aber eigentlich nahm sie die beiden nur wie durch eine Mattscheibe wahr, wie im Kino, sie war hier, die beiden saßen, gingen herum, redeten dort. Ja, sagte sie. Ja Ja. Und du? Später einmal Nik. Der sagte: Was machst du für Späße, und: jetzt geht's allmählich los. Sie setzte sich auf. Sie zog die Strickjacke um die Schultern. Nik mußte erzählen.

Also daß André sich gestellt hat, das wußte sie, ja? Und aber hier, im Dorf. Im Lehrerzimmer beispielsweise rede keiner mehr mit ihm. Gestern abend noch, habe er gehört, sei die Schulkommission zusammengetreten. Bisher hätten sie, die Lehrer, durch den Schulvorsteher jeweils schon am Tag drauf gehört, was die dort verhandelten. Diesmal kein Ton. Die klügeln da etwas aus.

Aber er sei doch beliebt, als Lehrer, im ganzen Dorf?

Bei den Kindern vielleicht. Aber schon bei den Eltern und den Kollegen wird's problematisch. Da sei der Vorwurf, er mache zu gute Noten. Nur schon seine zerbeulte Citroën-Ente, nur schon, daß er diese Hose trage, diese Jacke, – klar, kein Problem mehr heute, solange sonst nichts passiere. Aber jedenfalls die tonangebenden Leute, die wüßten hier instinktiv, einem wie ihm seien ihre Regeln nicht wichtig. Die blieben mißtrauisch. Gegen Leute wie ihn sei's leicht, Stimmung zu machen bei denen, die hier im Dorf das Sagen haben.

Stimmung, sagte Esther. Gut, aber das könne ihm doch schließlich egal sein?

In rund drei Monaten seien hier wieder die Wahlen der Lehrer der Gemeinde. Etwa hier in H. sei das Sache des Gemeinderats. Alles wunderbar demokratisch.

Karl ist im Gemeinderat, sagte Esther.

Das sei dann noch ein Sonderkapitel. Klar, der Prokurist Moll sei drin. Fritz Hofer, Personalchef bei Nußbaumer & Co: sei drin. Karl Rentsch, Transportunternehmer: sei drin. Otto Leibundgut, Abteilungsleiter bei Bally: sei drin. Kein Zufall, man brauche Leute mit Bildung, Leute, die drauskämen, und zufällig seien das halt auch jene, die auch sonst zu den oberen Schichten gehörten. Klaus Borner, Bücherexperte: sei drin. Eugen Allemann, Geschäftsführer bei Groß & Söhne: Gemeinderat. Rudolf Leutenegger, Metzgerei, im übrigen Chef vom Turnverein, – klar, alles Leute, die tüchtig seien, die Macher. Dazu noch ein guter Facharbeiter wie Erich Kunz, als Alibifrau die wohltätige Frau Pfarrer. Ob sie kapiere? Im Zweifel hätten die Leute, die entweder direkt oder indirekt die Privilegien, die Wirtschaft verträten, die Mehrheit.

Aber auch ein Gemeinderat, Esther wollte es jetzt wirklich genau wissen, könne doch nicht gegen die Mehrheit der Leute entscheiden. Sonst werde er doch nächstesmal abgewählt?

Nik lachte. Gewissermaßen theoretisch habe sie recht. Natürlich, müßte man ja auch meinen. Aber da sei schon nur mal die Frage: wie werden die Leute informiert? Nimm unser Tagblatt. Jeder hier muß es, wenn er wissen will, was in der Gegend los ist, haben. Den Tagblatt-Kurs kenne sie: Im Zweifel für die Privilegierten. Hinter dem Tagblatt stehe die Unternehmerpartei, stünden im übrigen auch die Inserenten. Dazu nun noch die andere Frage: Wer sei von wem abhängig? Am Wahltag: ja, gewiß, die Leute, die gewählt werden wollen von denen, die wählen. Aber sonst? Während der vier Jahre dazwischen? Abhängig mit der ganzen beruflichen Existenz, mit der möglichen

Beförderung im Betrieb, oder wenn's um eine Lehrstelle für den Jüngsten gehe, wenn's drum gehe, der Gemeinde die kräftigsten Steuerzahler zu erhalten, wenn die Tochter Sekretärin sei im Betrieb, wo Herr Leibundgut vielleicht demnächst noch Vize-Direktor werde? Und die nächste Gehaltserhöhung stehe vermutlich auch wieder vor der Tür – ob sie kapiere? Ganz sanft, ganz unterschwellig sei jeder, ob sie verstehe: jeder irgendwie abhängig von denen, und die seien's auch wieder, jeder und jeder von der nächsthöheren Stufe. Und das sei der springende Punkt: das schaffe das Klima, selbst in den Leuten drin, in uns allen, dieses Klima: Nur ja nicht gegen die Interessen von Leuten ganz oben verstoßen. Schwer nachweisbar, klar. Aber da. Und wirksam selbst im Personalchef von Nußbaumer & Co., selbst im Transportunternehmer Karl Rentsch. Auch der sei, gerade der, angewiesen auf die Aufträge leistungsfähiger Kunden.

Scheißpolitik.

Das sagen viele hier. Aber damit kommst du dummerweise nicht weit. Klar du, ich möcht dich wirklich nicht langweilen, aber ich möchte doch auch, daß du kapierst, wie das läuft. Deine Scheißpolitik bestimmt uns, dummerweise. Bis ins Knochenmark.

Nik, hör jetzt, du kannst doch nicht behaupten, wir hätten keine Demokratie?

Leider, unter uns, behaupte ich das. Wir hätten zwar demokratische Institutionen, klar, toll, da seien wir weltweit führend. Wir hätten demokratische Kontrolle, sehr gut, wir hätten das alles, und fast schon direkt-demokratisch, – im eng sogenannt politischen Bereich. Aber dort, wo die Macht sei, die wirkliche, die laufend noch wachse, und die sei auch Macht über unser Denken und Fühlen, dort hätten wir keine Demokratie: im Bereich der Wirtschaft. Und so eben verkomme, je länger je mehr, was wir in der Schule lernten von unserer prachtvollen Volksherrschaft. Die sei hinüber. Du denkst jetzt, der sieht Gespenster. Weißt du, sagte er, vor drei, noch vor zwei Jahren hätt ich jedem, der das behauptet, gesagt: komm, du spinnst. Und selbst jetzt noch merke ich, wie ich ab und zu denke, ach was, halb so schlimm. Aber, du, – sie *ist* hinüber, und jeden Tag noch ein winziges bißchen mehr. Wir spielen das Stück Demokratie zwar noch weiter, wir inszenieren immer neu ihre Aufführung. Aber in der Tiefe ist sie im Begriff zu verrecken. Nik sah jetzt plötzlich aufgeregt aus. Er ging ans Fenster. Er machte auf. Deck dich gut zu. Vor dem Nachthimmel hinter ihm schaute er hell aus. Jetzt werden auch unsere Seelen besetzt, sagte er. Ist das der alte Faschismus, aber mit neuer Methode? Unmerklich: in uns drin besetzt, modelliert, – zerstört?

Esther lag jetzt wieder da, im aufgestellten und dick unterpolsterten Kissen. Faschismus. Was war das, was meinte Nik damit? Konnte man Seelen besetzen? Sie schaffte nicht, das alles zu denken. Aber dennoch, zum erstenmal wieder seit sehr langem dieses Gefühl, die dickwattige Wand zwischen ihr und dem Zimmer und Nik dort am Fenster sei weg. Auch das Gefühl, wahrscheinlich, den Gedanken wieder Richtungen geben zu können und sie schwebten nicht weg, immer weg mit den trägen Wolken. Für einen Augenblick sah sie sich selber am Fenster. An der Glaswand in der Bank, und sie hatte wieder das große, zubetonierte Rechteck des Hofs unten vor sich, mit der Sonne in den Heckscheiben, und wie der Mann im Overall von rechts über diese Leere kam und vorging bis zum gelben Kübel des Lorbeerbäumchens. Er hob's auf und trug es aus dem Ausschnitt hinaus. In den Schatten? Oder weil es ihn einfach gestört hatte? Sie wollte verstehen, sie wollte unbedingt jetzt verstehen.

Aber warum, glaubst du, geht's jetzt gegen dich hier los. Die Demo, dein Bild im Tagblatt – das bräuchte doch die hier im Dorf nicht so aufzuregen.

Tut's aber. Das wurde mir erst so richtig vorgestern und gestern klar, da komm ich ins Lehrerzimmer, und die schauten alle an mir vorbei, und wie ich dann frage, was ist los, läuft etwas schief? – erst jetzt hab ich begriffen, die haben über mich gesprochen. Nach einer ganzen Weile sagte dann Thomi: das muß eben jeder selber wissen: wie weit er gehen darf, jeder. Und von der Waller habe er heut dann auch von der Sondersitzung gehört. Warum? Sie sei gut. Unsere Bewegung gegen die AKWs, die treffe mit ihrem Protest doch genau auf die Macht der Mächtigsten hierzulande. Die treffe mehr als nur ein paar riesige Elektrizitätsproduzenten. Die treffe genau das Glaubensbekenntnis, das uns seit Jahrzehnten eingetrichtert wird: Wachstum her um jeden Preis, Zentralisation, immer mehr, um jeden Preis, Konsum, noch mehr, um jeden Preis, Zubetonierung der Landschaft um jeden Preis – ach, Esther, ich versteh jeden, der durchzudrehen beginnt! Und das alles sei für uns, fürs Volk, damit wir noch besser, noch freier, noch sicherer leben könnten. Wenn da jetzt allmählich ein paar zehntausend Leute Zweifel zu haben beginnen, wenn sie nachzudenken beginnen und drauf kommen, daß dahinter nichts weiter steckt als das Alte, als die menschenverächterische Profitphilosophie; wenn die dann Stück für Stück die Mängel der Planung offenlegen und die Risiken für uns, für uns alle; und allmählich beginnen sie, sich zusammenzutun, weil sie kapieren, wie tief auch die Parlamente durch die Profitinteressen der wenigen unterwandert sind, und sie gehen zusammen auf die Straße und verschaffen sich mit Transparenten und gewaltlosen Besetzungen öffentlich Gehör: da wird der Zentralnerv getroffen. Da wird denen, auf die's leider noch immer ankommt, ganz schnell klar: hier geht's schon längst nicht mehr allein um ein paar geschmackvolle Kühltürme mehr oder weniger, da geht's um eine neue Art zu leben, zusammen zu leben: menschengemäß. Da geht's gegen das Faustrecht der Machtinhaber.

Ja, Esther nickte, so allmählich versteh ich. Du, Nik, eigentlich müßtest du Lehrer werden. Sie lachten; zusammen wie lange nicht mehr. Nik setzte sich auf den Bettrand. In drei Monaten also wieder die Wahlen. Und weißt du, was? Ich seh mich schon fliegen.

Ob er da jetzt nicht doch Gespenster sehe? Die könnten doch nicht, nur weil einer anders denke und an einer Demo sich wehre, die könnten doch den nicht einfach so –. Sie brach ab.

Doch, Esthi, die können. Er schaute sie an.

Immer wieder – er stockte –, immer wieder, du, hab ich's selber nicht glauben können. Nicht glauben wollen, wirklich. Ein AKW-Gegner als Lehrer unserer Kinder? Guten Abend. Da rauscht's. Da brauchen sie nicht mal herauszufinden, daß ich mit den autonomen Sozialisten mitziehe. Aber: er müsse so allmählich wohl gehen, sie sehe auch immer noch reichlich müde aus. Und dazu: dem Karl wolle er ja nicht unbedingt auch noch über den Weg laufen, ihm reiche es, für heute. So redeten sie eine Weile noch hin und her. Auch vom Neuen, das jetzt in Gang komme, mit der Bewegung. Daß die Polizei nach Rädelsführern suche, – Rädelsführer, da sei's wieder: das Alte. Die könnten sich überhaupt nicht vorstellen, daß eine Bewegung – oder gar: eine Gesellschaft – ohne Führer funktioniert. Und ganz am Schluß, schon von der Tür her, Nik, wie er sagte: War wahrscheinlich einfach zuviel, die Demo, für dich. Nicht, Esthi, was meinst du? War doch ein bißchen ein Schock für dich?

Ja. Ja, klar.

16

In der Nacht wieder dieses Gefühl. So etwas wie Betäubung, wie nach einem Schlag auf den Kopf. Und aber dennoch alles so überhell da, flimmrig, da, vor und in ihr, wie im Kino, es dreht sich, die Bilder hinter den Augen vermischen sich, man sitzt da und möchte doch eingreifen und merkt, man kann nicht. Also, Kind, das geht doch so nicht, du kannst doch nicht einfach. Sag doch wenigstens. Und wie du ausschaust. Die Mutter machte ihr Essigsocken. Weit weg war Koni zu hören, wie er da auf dem Bettfußende saß und ihr wieder vom Panzer erzählte. Er habe heute im Motor die Kerzen gewechselt. Und bei Flury, Autospengler, habe er eine alte Batterie vorgestern eingetauscht gegen eine Opel-Stoßstange. Weit weg. Wie er sie nachgeladen habe in der Waschküche. Weit weg. Was hatte Koni vor. Ach nein, nur so, er hatte doch überhaupt nichts vor, aber das mache doch Spaß, den Riesenkasten da oben ein bißchen wieder fit zu bringen. Der Anlasser, hörte sie ihn sagen, am Anlasser sei etwas noch nicht in Ordnung, aber gewettet, Esther, das bieg ich hin? Vielleicht, daß wir dann mal einen Sonntagnachmittagsausflug machen zusammen, was meinst du? Sie lachte mit. Weit weg, Koni, weit, mit seiner Verschwörerstimme. Unten war Karl zu Hause, sie spürte es mehr, als daß sie es wußte. Wattige Luft stand im Zimmer, wattige Wolken drehten sich. Irgendwann war Koni weg. Noch immer blieb etwas in ihr, hinter und unter diesen ganzen Wolken, wach. Überhell. Sie stand auf, holte den alten Zeichenblock vom Regal, den schmalen Filzstift, kroch wieder in ihre Kissen- und Dekkenhöhle. Die Nachttischlampe war zwar ein schwaches Licht, aber es genügte ihr. Langsam zeichnete sie mit dem Stift ein paar Kreise. Die konnte man ausstricheln. Darüber machte sie aus kleinen Strichen Helme, Schultern, Visiergesichter, darunter Beine, fünf-, sieben-, zehnmal nebeneinander. Dazu ein Gesicht mit Schnauz und Bart, das könnte vielleicht Lehrer Lanz sein. Und weil noch Platz war, ein Seilende mit einem Dreizack-Haken dran. Dann versuchte sie die längste Zeit, Konis Panzer zu zeichnen. Ein neues Blatt. Und wieder den Panzer im Unterholz, wieder merkte sie, daß ihr die Zeichnung mißlang oder: daß sie eigentlich doch nicht genau genug wußte, wie der Panzer aussah. Und dann einen Mann, der lief, ein Laufwunder. Das Laufwunder Koni. War's heute, war's vor sieben Jahren, wie sie da aus dem Coop-Center kam, und ein paar Frauen vor dem Eingang schauten auf die Straße hinaus und jemand sagte: Wenn der so weitermacht, doch doch?

Erst als sie neben den Frauen schon halb vorbei war, sah sie, wie Koni in Turnhose, Turnschuhen die Straße hinunterlief. Vorn an der Kreuzung bog er nach links ein und verschwand Richtung Kühlhaus aufwärts. Mag sein, daß sie auf dem Heimweg trödelte. Sicher ist, kaum war sie durchs Gartentörchen herein und auf die Haustür zugekommen, hörte sie Karl ganz nah neben sich im Vorgarten rufen: Sechsundzwanzig, siebenundzwanzig, achtundzwanzig – los, gut Koni, dreißig: einunddreißig! Karl stand hinter der Oleanderhecke am Zaun. Wie sie hinlief und sich neben ihn stellte, sah sie unten auf der Straße Koni, wie er hastig einen Becher Milch hinunterstürzte. Karl sagte: Bist ganz groß drin! Neun einunddreißig – Rundenrekord! Koni, so schien ihr, erstickte beinah an der Milch, er nickte mit seinem verschwitzten Gesicht herauf, stellte den Becher rasch auf die Mauer vor Karls Füße und lief wieder los. Zusammen schauten sie beide ihm nach, wie er da in seinen Höschen in die nächste Runde trabte. Er wurde kleiner und kleiner. Karl setzte sich wieder in den Liegestuhl. Die Stoppuhr legte er neben sich in den Rasen. Zu ihr sagte er: Jetzt geh ich mit ihm auf die Aschenbahn, nächste Woche bestimmt. Und gewettet, der kommt dort auf Anhieb unter die Neunermarke? Und weißt du noch was? Rennschuhe! Mit Rennschuhen macht der gleich nochmal zwanzig Sekunden gut, verstehst du? Sie lief dann ins Haus. Und als sie hier oben stand, hier im Zimmer, und sie hörte ihren schnellen Atem, hatte sie plötzlich ein komisches Würgen im Hals. Sie legte sich vornüber aufs

Bett. Rennschuhe. Sie hatte Koni doch gern. Und dennoch dauerte es eine ganze Weile, bis das Schluchzen da drin aufhörte. Sie konnte sich sehen, jetzt, sie konnte das Kissen riechen, sie konnte sich empfinden, wie sie damals, als sie so dalag, sich gefühlt hatte, leer, leer, eine Hülle, zu nichts mehr zu gebrauchen. Und noch etwas konnte sie wieder sehen: Wie sie vom Coop-Center heraufrödelte, die Plastiktasche neben sich, und wie sie vor der Bachmauer, dieser hüfthohen weißen Natursteinmauer stehenblieb. Den Bach dahinter hatten sie zubetonieren müssen, da war jetzt ein Parkplatz. Von hinten sprang eine Katze auf die Mauer, direkt vor sie hin, da hockte sie jetzt, dicht vor ihr, groß, getigert. Ciao, Tiger, sagte Esther. Die Katze machte Schlitzaugen, ging aber, auch als Esther mit ihrem Gesicht ganz nah an sie herankam, nicht weg. Nein, sie legte sogar den Kopf artig auf die Seite, als fragte sie: wie geht's wie steht's, Esther? Dabei hatte Esther sie bisher im Dorf noch nicht gesehen. Die Katze machte die Augen wieder rund. Esther konnte den senkrechten Schlitz in den dunklen Pupillen sehen. Sie konnte auf einmal noch etwas anderes sehen, nämlich ganz klein ihr, Esthers, Gesicht, und dahinter sah sie gespiegelt die Wolken, die weißen Sommerwolken, die fuhren langsam in den Tigeraugen durch den Himmel.

Sie hätte auch noch den Tiger zeichnen wollen. Und Karl. Seine Stimme war von weit her zu hören, und auch Koni, als er hereinschaute, war in diesem Nebel nur undeutlich zu sehen. Aber dann Konis Flüstern, das war auf einmal überlaut. Karl sei von einer Versammlung zurück. Da setzte sie sich wieder ganz auf. Koni hatte unten an der Tür alles mitgehört. Eine Protestresolution hätten sie beschlossen. Nein, so ganz genau wisse er das auch nicht, sagte Koni, aber das sei sicher so eine Erklärung, schriftlich, von denen an der Versammlung beschlossen und dem Präsidenten des Gemeinderats überreicht, der sei auch gleich da gewesen. Karl selber, sagte Koni, habe Karl der Mutter unten erklärt, er persönlich habe sich verpflichtet gesehen, ebenfalls das Wort zu ergreifen. Sein eigener Sohn! Sein Sohn, Niklaus Moll, als Rädelsführer dieses Haufens von Gesindel. AKW-Gegner, – ein zusammengerotteter Haufen, Karl habe da nur lachen können. Eine richtige spontane Protestversammlung der Mitbürgerinnen und Mitbürger von H., und weißt du was: alle seien sie dagewesen, Hofer, Allemann, Rentsch, Leibundgut, siebzig Leute, darunter die Hälfte, nein, mehr als die Hälfte des Gemeinderats, und fast die ganze Schulkommission sei dabeigewesen, und auch er, Karl, habe das Wort ergriffen und seiner tiefen Beschämung aber auch Empörung Ausdruck verliehen. Ausgerechnet das eigene Fleisch und Blut! Und solche Leute als Lehrer unserer Kinder? Wo es doch die Aufgabe unserer Schule sei, unserer nachwachsenden Generation die Werte nahezubringen, auf denen unser Gemeinwesen und seine demokratischen liberalen Institutionen beruhen: kritisches Denken, Sinn für Ordnung, Toleranz und Disziplin. Es gehe da gar nicht so sehr um das Was, es gehe um das Wie. Seine Stimme klang, sagte Koni, als wär' Karl betrunken. Er habe gelacht. Er habe gesagt: da ist der Ofen aus. Nicht mit mir, das lasse er sich nicht bieten, vom eigenen Sohn schon gar nicht. Wie stünde er denn da in der Öffentlichkeit? Im Betrieb? Nein nein, jetzt rausche es. Eine Protestresolution. Wir, die unterzeichneten Bürgerinnen und Bürger von H. undsoweiter, mit großer Sorge, und fordern hiermit Schulkommission und Gemeinderat auf, die unverzügliche und fristlose Suspendierung des Lehrers Niklaus Moll sowohl zu beschließen wie durchzusetzen in Verbindung mit den kantonalen Erziehungsbehörden, usw., so etwa, und wie betrunken habe Karl alles erzählt und nochmal erzählt und so, als wär's sein ganz persönlicher Triumph. Alles einstimmig mit nur drei Gegenstimmen und zwei Enthaltungen! Nur einmal habe Koni die Mutter gehört, sie habe gesagt: Aber ich weiß nicht, Karl, das kannst du doch nicht machen, unser Nik ist doch kein Verbrecher!

Koni ging wieder an die Tür, er öffnete sie einen Spalt weit, er horchte. Sie gehen ins Bett, sagte er zu Esther zurück. Und: Du, ich glaube, die Mutter kommt noch herauf, – nein, das ist ja Karl. Ciao. Koni verschwand.

Wie Karl sich aufs Bettfußende setzt und Wie geht's unserem Rumpelstilzchen sagt. Wie er Hast du wirklich kein Fieber fragt, und ja ja, Mädchen, kann sein, daß gewiße Entscheidungen, die heute gefallen sind, dir auf Anhieb nicht einleuchten werden, mag ja sein. Aber es gibt Situationen, in denen muß ein Mann fähig sein, persönliche Interessen den Interessen des Gemeinwesens unterzuordnen. Auch wenn das hart sein mag. Auch wenn es sagen wir's offen: weh tut. Er habe oft die Erfahrung machen müssen, daß es Dinge gibt, die von Frauen eben anders empfunden werden. Das ehrt sie. Aber ein Mann muß im Zweifel, gerade im Zweifelsfall, konsequent sein können. Sie werde, da sei er sicher, später verstehen. Esther lag mit plötzlich erfrorenen, mit verbrühten Gliedern da. Sie versuchte zu schlucken, aber selbst das gelang nicht. Sie war froh, daß der Wattenebel Karl von ihr wegrückte mit dieser komischen fremden Stimme, die er hatte, als er sagte, die Hauptsache, sie solle schauen, daß sie bis Sonntag wieder auf den Beinen sei und wie's wäre, wenn sie, nur sie beide, einmal wieder mit dem Paddelboot auf den Aarekanal paddeln und schwimmen gingen, vielleicht sogar sei sie schon übermorgen wieder soweit? Die Ohren steif, Mädchen! Dann war sie wieder allein.

17

Noch später versuchte sie die ganze Zeit herauszufinden, ob das im Traum war, daß auch noch die Mutter dastand und sich auf den Bettrand setzte und ihr wieder eine Tablette mit einem Glas Wasser zu schlucken gab. Aber sosehr sie sich anstrengte, sie schaffte nicht, sich da klarzuwerden. Halb war die Mutter da, wirklich, und sie konnte sogar ihren Oberarm anfassen, und auch als die Mutter ihr frische Essigsocken machte, fühlte sich das gut und kühl an den Füßen an. Gleichwohl, dieses Gefühl, das ist nicht wirklich, das träum ich ja nur. Weißt du, früher war er nicht so. Sie hörte auch sich, wie sie sagte: Du, kannst du das eigentlich noch: weinen? Sätze wieder wie: Erst seit der Sache mit der Beförderung damals, daß die ihn nicht wollten, seit damals wie ein umgekehrter Handschuh, ja, und dann noch die Umstellung, daß die seine Arbeit auf die zentrale Anlage übernommen haben, seither ist's mit ihm anders, eigentlich ein gutes Herz, im Kern und verstehen, unsere Aufgabe als Frauen, hörst du, verstehen suchen, helfen – immer lauter wurde Mutters Stimme. Unsere Aufgabe als Frau. Esther hätte nur sagen oder vielleicht auch schreien wollen: nein, bitte nicht, bitte schweigen, aber sie hatte – ja, vielleicht so: so etwas wie ein Seil um den Hals, sie konnte nur husten. Sprechen nicht. Das träum ich ja nur. Das ist ja nur wirklich. Haben die Menschen eine Seele? Geträumtes. Wirkliches. Sie hatte nicht die Kraft, hier, wo keiner war, den Unterschied zu denken, den sie gelernt hatte. Das Neue. Das Alte. Hier, ja, konnte sie ihn denken, nur für die Dauer eines Lidschlags, dann sank sie wieder durch die Jahre wehrlos hinunter, und wieder gingen sie und Koni in ihren Gummistiefeln durch den Wald. Koni voraus, durch den Wald zum Bach hinunter, und immer weiter bachaufwärts gegen die Felsenschlucht zu. Sie hielt sich an Konis Hand, wenn sie auf den flachgewaschenen Steinen den Bach überqueren mußten. Weiter, durch hüfthohen Farn. Turmhoch über ihnen noch die Strahlen der Sonne, golden, in den Kronen und auf den Felsköpfen. Hier unten Bachgeriesel, Rauschen, dunkler Lattichgeruch.

Gleich sind wir da. Koni wies auf die Enge vor ihnen. Wie über Treppenstufen für Riesen, so kam da vorn das Wasser über die Felsen heruntergeschossen, drei, vier Stufen aufwärts konnte man's sehen. Die Felsentürme standen hier bis ganz ans Wasser. Ein paar Sträucher noch, keine Bäume mehr. Kirchenschatten. Normalerweise, Koni mußte das Rauschen überschreien, kannst du hier durchwaten. Aber jetzt – das Wasser füllte die Felsenenge so hoch, nein, sie mußten versuchen, an der Wand entlangzuklettern. Wie sie dann hintereinander am Fels sich vorantasteten, von Handgriff zu Handgriff, die Stiefel auf immer wieder neuen winzigen Vorsprüngen. Wie sie bis in die Mitte des Engnisses vorankamen, Konis Stiefel jetzt auf der Höhe von Esthers Gesicht. Sie sah auf einmal, sein Stiefel zitterte.

Sie rief. Koni, hast du Angst?

Ich? Aber das Zittern ging nicht weg. Auch kam der Stiefel nicht mehr voran. Als sie nach unten schaute, sah Esther den Wasserschaum, wie er da, tief unten, vorbeitrieb. Koni, rief sie zu ihm hinauf, Koni! Sie sah, er konnte weder vor noch zurück.

Sie rief: Ich hab auch Angst. Los, Koni, sag's: ich hab Angst!

Wieder er: Du bist blöd, das ist doch nur –

Wir kommen nur durch, wenn du dreimal «Angst» rufst.

Also gut, rief er dann herunter. Dann rief er's. Und als sie drüben waren und wieder unten am Wasser, sah sie, wie verschwitzt sein Gesicht war. Aber sie werde das auch sicher niemandem erzählen? Klar nicht.

Jetzt waren sie da. Man mußte sich von unten an das breite Wasserbecken da vorn über ihnen heranschleichen. Koni erklärte es ihr: Und wenn du die letzten zwei Meter vorläufst bis ans Ufer, so siehst du sie, wie sie in ihre Schlupfwinkel flitzen. Komm. Sie gingen gebückt vor, aufwärts, wieder durch Farn, dann hielt Koni an, sie hoben den Kopf langsam, und jetzt konnte auch Esther den fast ruhigen Spiegel im Felsbecken sehen. Noch etwas näher, noch etwas höher und heran. Ja, da waren sie, die Spiegelung ging ein bißchen weg, und da standen bachaufwärts diese großen Forellen in der langsamen Strömung. Sie blitzten, wenn ihre Leiber sich unter den leichten Schlägen ihrer Schwänze bogen. Blaubraun. Golden.

Jetzt! Sie rannten vor, stoppten auf dem Felsvorsprung. Esther sah nur, wie die Forellen auseinanderstoben. Sie sah auch, da kannte Koni sich aus. Er wies auf verschiedene Stellen am Rand des Beckens. Die eine ist da hin, eine da, dort unterm Moosstein sind zwei verschwunden.

Und die wollte er jetzt fangen? Esther verstand nicht. Koni legte sich auf eine der Steinplatten, so, daß sein Gesicht knapp über dem Wasser war. Von zwei Seiten her fuhr er mit den halb ins Wasser ausgestreckten Händen auf die eine Stelle unter dem Stein zu. Immer tiefer, immer näher zusammen. Ganz langsam. Ganz langsam. Endlich: Da ist sie! Esther legte sich neben ihn. Sie sah ihr schattiges Gesicht unter sich. Koni sagte, er könne die Forelle berühren. Ganz ganz vorsichtig. Auch sie spürte, wie sie vor Aufregung jetzt fast keine Luft mehr bekam. Und die beißen sicher nicht? Koni lachte. Komm. Koni rückte ein wenig zur Seite. Sie robbte noch näher an ihn heran. So wie sie's von ihm gesehen hatte, tauchte sie die Hände ein, die Finger wie zu einem Gitter gespreizt, langsam dann, langsam näher. Noch tiefer! Und vorsichtig näher. Du mußt die Kiesel an den Fingernägeln spüren. Näher. Die Forelle schaut bachabwärts. Etwas Glitschiges, – spürst du?

Ja. Ja! Esther merkte, daß sie zitterte. Ihre Hände waren bis zu den Handgelenken unter der Steinplatte verschwunden. Die Forelle bewegte sich. Esther erschrak. Da spürte sie auch schon den wuchtigen Schlag des Fischleibs. Da! rief Koni, da!

Ja, die Forelle war weg. Gesehen hatte Esther sie nicht. Genau im Augenblick, da sie verreisen will, mußt du zupacken, vorn an der Schnauze, und um den Leib. Esther setzte sich auf. Ihr Atem ging schnell. Ja ja, sie verstand. Aber sie mochte jetzt nicht mehr.

Koni fing dann tatsächlich zwei der Forellen. Sie hörte den hölzernen Knall, als er den Kopf der Forelle auf dem Stein aufschlug, zweimal, dreimal. Die toten Fische band er in sein Taschentuch, die Schwänze ragten heraus. Sie gingen nicht mehr durch die Felsenenge zurück. Sie kletterten den steilen Waldhang aufwärts.

Haben Fische eine Seele? Geträumt. Wirkliches. Aufwärts, durch den Wald, durch Nebel. Der Vater sagte: Mein eigenes Fleisch und Blut. Notwendige Entscheidungen, sagte er. Sie erschrak, als sie merkte, daß ihre Angst jetzt doch wieder sein Gesicht hatte. Sie erschrak: sie haßte ihn, ja!

Sie stand unter der Tür von Konis Zimmer. Koni. Koni! Er wachte halb auf. Komm, sagte sie. Komm mit. Wieder erschrak sie, diesmal ihrer eigenen Stimme wegen. Die war ihr wie fremd. Fährt der Panzer jetzt wirklich, Koni, wirklich?

18

Wieder gingen sie durch Wald, wieder gingen sie aufwärts, oben auf dem Pfad hinüber zur Schneise. Wie warm die Nacht war. Im Mondlicht sahen sie grad eben genug. Warum nur trug Koni außer seinem Trainersack noch sein Taschentuch neben sich? Warum waren da diese beiden Fische?

Dann waren sie am Panzer. Koni trug wieder die Tarnäste weg. Sie stiegen hinauf. Eine Sprache aus Zeichen, dachte Esther. Überall. Sie hörte die Stimme jener Frau wieder. Aber hatte nicht auch jemand, dort am Feuer, gesagt, nachts: Die begreifen doch nur das Alte, nur was sie schon kennen?

Von viel Technischem müßte hier jetzt die Rede sein.

Wie Esther auf dem Rand der Turmluke hockt, in ihrem Pullover über dem Pyjama, den roten Velosolex-Sturzhelm auf, den Sturmriemen für unters Kinn offen. In dieser allmählich dämmrigen Morgenkühle fröstelte sie.

Oder wie Koni unten in seiner Panzerhöhle mit der Taschenlampe herumkletterte, wie er im Reglement nachliest, was er zehnmal, hundertmal nachgelesen, nachgeprüft hat an all den vielen Hebeln und Verschlüssen und Knöpfen. Wie er sich außen, wieder vorn unter der Kanone und der Abdeckplatte am Motor zu schaffen macht, wieder oben eintaucht, dann die Schließfeder-Führung des Maschinengewehrs nachschmirgelt.

Brauchen wir Munition, Esthi?

Wenn du welche hast?

Für die Kanone hatte Koni natürlich nichts Geeignetes auftreiben können. Immerhin, für das MG. Drei Schuß. Geklaut, sagte er, im Jungschützenkurs. Er zeigte Esther, wie man vom Kommandositz aus auf den Richtsitz wechselt. Sie wollte das alles jetzt sehr genau wissen, etwa die Sicherung, und wie man auf «Entsichern» umstellt. Das Panzer-MG 51 ist ein luftgekühlter Gasdrucklader Kaliber 7,5. Es schießt auch Serienfeuer. Es ist in der Turmkuppel parallel zur Kanone eingebaut. Die Hauptbestandteile sind: die Waffe; der Fixiernokken; die Zielvorrichtung; der Abzug, mechanisch.

Und wieder Koni: Nochmal, wie sie sich das Ganze vorstelle?

Aber sie nur wieder und fast monoton und überhaupt nicht laut: Wir müssen, du. Einfahren! sagte sie. Vielleicht sähen vielleicht dann auch die Leute, so könne man nicht leben, so doch nicht, sie kämen aus ihren Häusern und Büros, immer mehr und mehr, und sie könnten gemeinsam irgendwie – sie könnten, mit dem Panzer, ein Veto des Volkes, das müßten die doch verstehen, Karl und den ganzen Gemeinderat zur Übergabe auffordern, man werde sehen, erst einmal einfahren – fast monoton vor sich hin. Koni verstand sicher nicht alles, aber eins spürte er: Esther war ungeheuer sicher jetzt und entschlossen, und eigentlich fand er's irre gut, daß sein Panzer plötzlich zum Einfahren da war. Und phantastisch, daß jetzt kein Karl und kein Lehrer Esther und ihn noch bremsen könnte. Es ist wahr, er hatte das nicht, bisher überhaupt nicht zu denken gewagt. Nur sehr lange schon, das wußte er erst in diesem dämmrigen Morgenlicht, hatte etwas in ihm auf etwas gewartet, auf etwas Irres vielleicht, jedenfalls etwas, das mit einem Schlag alles aufsprengen könnte, was ihn wie ein Schraubstock zusammenpreßte. Seit langem, immer wieder, hatte er hier diesen ungeheuer komplizierten Panzer erforscht, hatte ihn auswendig gelernt, und redete jetzt wieder, erklärte, zeigte Esther die Cleveland-Lenkung, sie wollte den Radius wissen, zehn Meter, und wie man den Elevator kurbelte, damit die Kanone mit dem MG sich hob und senkte oder wie diese Kurbel hier den ganzen Turm um seine Achse zu drehen begann.

Sie bezogen dann ihre Posten, er unten vorn im Bug auf dem Fahrersitz, sie oben auf der Kommandokanzel des Turms. Sie stand aufrecht. So konnte sie, solange keine eigentliche Gefechtssituation war, Kopf und Schultern im Freien haben, die Oberarme und Ellbogen auf den Lukenrand gestützt. Sie hörte, wie Koni von unten heraufrief: Alles klar? – Alles klar.

Als der Motor ansprang, das war schon ein großer Lärm. Koni ging aufs Gas. Noch mehr, noch mehr. Dieses Zittern, das Gedröhn im stählernen Leib um Esther her. Der Panzer ruckte an. Wenn er nur jetzt durchhielt, nur schon einmal hier die Trichterböschung hinauf. Ja. Die Raupen griffen. Sie sah, wie weit vor ihr kleine Buchen und die Sträucher vornüberbrachen. Die Kanone ging steil in die Luft. Sie hielt sich am Lukenrand fest. Ja. Die Kanone ging wieder hinunter, ums himmelswillen, wie groß der Bug war, wie hoch oben sie hier auf einmal stand, – nein: das Konis Panzer ein solches riesiges Ungetüm war, das hatte sie bisher irgendwie nicht gesehen, solange er dort unten überwuchert gestanden hatte. Er schleifte jetzt halbe Sträucher mit, Brombeerschlingen umhingen ihn und wanderten mit. Das Unterholz brach unter dem Bug weg. Junge Birken knickten weg. Ja, sie schafften es. Sie brachen mit dem Panzer aus dem Unterholz ins Freie. Behutsam steuerte Koni über das weich einsinkende Straßenbord auf den Feldweg ein. Er hielt. Der Motor lief leer.

Esther sah Konis helles Gesicht im Dunkeln unter sich. Und jetzt?

Nach Hause, sagte sie. Vors Haus, los, fahr nur zu.

Sie lachten sich an. Koni startete wieder.

Noch fuhr er vorsichtig. Noch mußte er kleine Bewegungen mit der Lenkung ausführen, um die Art, wie sie sich auf das Fahrzeug übertrugen, ins Gefühl zu bekommen. Wenn er versuchte, vom Zweiten in den Dritten zu schalten, kratzte das Getriebe lärmig auf. Es gelang nicht. Mit etwa zwanzig Stundenkilometern fuhren sie auf der hier jetzt asphaltierten Straße von oben ins Dorf ein. Er war sicher, die rund 15 Tonnen dieses AMX-Panzers 51, französisches Modell, drückten deutliche Kettenspuren in den Asphalt. Es war unvermeidlich. Der Schaden, führen sie durchs offene Gelände weiter drüben hinunter, wäre sicher größer. Er hatte den Rommelfilm gesehen «Der Wüstenfuchs», für Jugendliche unter 18 Jahren verboten, er hatte «Der längste Tag» gesehen. Ja, so war's richtig. Der Motor röhrte wild, dazu das Kettengerassel von unten herauf, die Stahlwanne vibrierte. Das Gedröhn, zusammen mit dem Gefühl, hier drin geschützt zu sein und zugleich diese gewaltige kompakte Stahlmasse voranzusteuern, kein Zweifel, Koni muß gespürt haben, wie sein Denken überflutet wurde. Überflutet so sehr, daß alles, wozu dieser Panzer gedacht und gemacht worden war, daß dieses ganze fürchterliche und uralte Gemisch aus Töten, Feuern, Siegen und jedenfalls Gewalt ihn immer mehr durchströmte.

Das Mögliche. Das eben noch so knapp Mögliche. Das Alte beschreiben und diesen gewiß wahnwitzigen Versuch, dem Neuen nachzuhelfen auf die älteste Tour. Vorstellbar, daß Esther auch hier wieder sich wunderte, wie hoch oben sie da an den hübschen Einfamilienheimen vorbeigefahren kamen. Und daß sie gedacht hätte: nur jetzt mich nicht ablenken lassen, nur jetzt ja nicht zusammenbrechen. Immer wieder nur das eine denken: Einfahren, es mußte sein, sonst, das wäre kein Leben mehr. Einfahren, was immer irgendwer drüber denken mochte. Sie schaute die an der Straße stehenden Leute, die da heraufstaunten, nicht an. Nicht die Wagen, die zur Seite fuhren und hielten, und die Leute drin hätten ängstlich ausgesehen und sich überhaupt nicht erklären können, wie die Schweizer Armee zulassen konnte, daß da irgendein vielleicht besoffener Leutnant der Panzertruppe sein Mädchen auf dem Kommandostand mitfahren ließ. Oder war das nicht eine Frau, ein Mädchengesicht unter dem roten Sturzhelm, das Windschutzvisier hochgeklappt, was da oben herausschaute, stur geradeaus und vorbei? Gradaus, immer gradaus. Nur als Esther oberhalb des Schulhauses aus den Augenwinkeln den Trupp Kinder in der Linkskurve begeistert winken sah, hob sie kurz die Hand. Weiter. Wenn Koni nur ein bißchen mehr noch auf's Gas ginge. Der Panzer hätte doch immerhin sechzig Spitze. Dumm, daß der Bordfunk nicht funktionierte. Aber es hätte ja auch nichts genützt. Als sie vor die Kurve kamen, die den Mühlrain hinunter aufs Zentrum zuführt, signalisierte Esther mit dem ausgestreckten Arm die Richtung.

Kann man vermuten, Esther habe den ganzen Ablauf der Aktion genau geplant und getimt? Sicher nicht. Sie mußte jetzt von dem einzigen Gedanken wie besessen sein, Gedanken oder genauer wohl Zwang: kundzutun, weithin und öffentlich, daß sie gegen alles das war, überlaut, überhell, was die Leute hier in H. und Karl erneut fortzusetzen im Begriff waren. Gegen das, wofür sie einfach noch kein präziseres als das allgemeine Wort «Das Alte» hatte, worin alle anderen Wörter versammelt waren, Angst, Terror, Granaten, Unterdrückung, Stoppuhr, Sex, Männliches, Konsum, Gewalt, Beton, Gewalt. Zwang, ja. Sie hatte vermutlich in sich nicht die geringste Chance, dagegen jetzt noch Widerstand oder auch nur Zweifel zu mobilisieren. Hätte sie die Aktion doch noch abgebrochen, sie wäre, das muß sie gespürt haben, kaputtgegangen, sie oder das in ihr, was Seele heißt. Wie diese Aktion mit Konis Panzer auch ausginge, – mochte das offenbleiben; sie hatte ihre ganze Kraft, ihre ganze Entschlossenheit darauf konzentrieren müssen, sie auszulösen und in Gang zu setzen, mit größter, und klar: rational betrachtet widersinnigster Ausschließlichkeit. Nein, nicht geplant. Eine Frage für sie nicht des Zweckmäßigen, überhaupt nicht. Eine Frage des Überlebens, vor sich selbst. Eine Frage der Selbstbehauptung. Das hätten Worte, gerade nur gesprochene oder geschriebene Worte, nicht geschafft. Das konnte ihm, Karl, und allen anderen nur durch das unmißverständlichste Zeichen des Widerstands, nur durch die Sprache der äußersten Aktion, zu der sie mit Koni zusammen fähig war, klargemacht werden. Ihm und allen anderen. Daß da in ihr die alten, nun wieder aufgerissenen Verletzungen mitwirkten, das interessierte sie wohl nicht.

Vielmehr begann, als sie gegen die Kreuzung hinunterfuhren, dann doch etwas sich in ihre Entschlossenheit hereinzubohren. Wurde sie unsicher? Nur ja nicht einbrechen jetzt, aber dennoch: Karl? Gingen Angst und diese fürchterliche Art des sich im Alltag ganz klein machenden Terrors wirklich von ihm aus? War wirklich er schuld daran, daß es sie so überdeutlich für sie jetzt gab, so, wie es sie vorher kaum von ihr wahrgenommen irgendwie auch schon gegeben hatte, nur eben so, daß sie oder eher er eben alltäglich und wie es schien unveränderbar gewesen waren? War's nicht vielleicht so, dachte etwas in ihr immer deutlicher, daß auch Karl nur einfach in seiner Seele kaputt war? Kaputtgemacht? Mußten Koni und sie mit dem, was sie hier ausdrücken wollten, nicht viel weiter zielen, über Karl hinaus?

Sie tauchte durch den Turm abwärts, kletterte, die Hände an den Griffen in der Panzerwand, vom Kommandositz hinunter und vor bis zu Koni. Irre, das dröhnte da drin noch viel lauter, viel dumpfer. Es roch nach Öl, nach Benzin. Koni! Sie schrie. Er saß aber weiter unbeweglich vor der Lenkung, die Augen am Gummiring des Periskops. Hei, Koni! Sie schüttelte leicht seine Schulter. Und wieder, so laut sie konnte: Da vorn! Stop! Und nach links, – stadtwärts!

Koni nahm Gas weg. Er schaute über die Schulter zurück. Wie? Sie wiederholte, und sie erschrak, als sie dieses Feuer in seinen Augen sah. Aber da hatte er begriffen. Er nickte, lachte ein wenig. Dann beugte er sich, der Panzer stand schon, ruckte, stand, zu ihr zurück, und rief durch's Gedröhn: Sind wir jetzt Terroristen, Esther?

Aber sie war dann doch schon wieder nach oben unterwegs, tauchte wieder aus der Luke auf, streckte den Arm waagrecht nach links aus, und Koni, noch immer im Zweiten, fuhr in die Hauptstraße ein. Wie er die Linkskurve über die Straße jetzt mit viel Gas und Rucken zog, das war schon sehr gut.

Nur nicht auf die Leute schauen. Nur ja nicht. Gradaus. Auf der Hauptstraße aus dem Dorf hinaus. Die Druckerei hatte Karl kaputtgemacht. Die Druckerei hatte Niks Bild gedruckt. Von dort ging die Gewalt aus. Dorthin. Wenn der Schrank hier – und ihr fuhr durch den Kopf, er würde in seiner Riesengröße das Wohnzimmer zu Hause und gleich noch Karls Arbeitszimmer und die Küche längst ausfüllen, längst – wenn er, wie Koni sagte, zwei Liter Benzin je Fahrkilometer fraß, so mußten die zwanzig Liter mehr als reichen. Koni versuchte wieder zu schalten. Himmel! Aber jetzt schaffte er's. Im Dritten kamen sie auf dreißig, auf sicher vierzig Kilometer. Gut, Koni, gut! Hinter dem Panzer begann eine Autoschlange sich zu bilden. Sowie vorn die Straße frei war, bedeutete Esther den Wagen, vorzufahren. Wenn sie nur an den Sturzhelm gedacht hätte. Wenn sie nur dran gedacht hätte, ihn militärisch anzustreichen. Feldgrau, dann wäre hier nichts weiter als ein Militärtransport unterwegs gewesen. Sie hörte die Sirene erst, als die beiden Motorräder der Polizeistreife auf ihrer Höhe waren. Sie deutete, als die Maschinen neben ihnen herfuhren, ein zugegeben etwas ungelenkes Salutieren an. Einer der Polizisten wies sie mit einem rotblinkenden Stab an, Gas wegzunehmen und rechts hinauszufahren. Rasch kletterte Esther wieder hinunter. Sie tippte mit der Fußspitze Koni an. Erschrocken fuhr sein Kopf herum. Esther winkte ab, schüttelte den Kopf. Koni hob die Rechte. Er verstand. Er ging wieder aufs Gas. Das war ihnen beiden jetzt klar, auf Diskussionen konnten sie sich hier nicht auch noch einlassen. Daß Komplikationen auftauchen würden, bezweifelten sie sicher beide nicht. Nachher, nur nachher. Jetzt war alles unwichtig, was nicht zur Aktion gehörte. Sie fuhren an der Polizei vorbei. Esther salutierte wieder. Die Streife fuhr erneut dann vor und rasch weiter.

Über den Feuerscheindämpfer der Kanone weg konnte Esther dann schon die zwei Grünlichter in der Einfahrt nach Olten sehen. Ehrlich, sie hätte nicht gedacht, daß sie so bald schon da wären. Ihr war, als hätte sie die lange, ihr doch so vertraute Strecke an den Geleisen und den Lagerschuppen entlang überhaupt nicht wahrgenommen. Dauernd versuchte sie, vorauszudenken. Wie oder ob Koni es schaffte, jeweils rechtzeitig vor den Rotlichtern anzuhalten, oder bei Grün wieder zu starten. Sie sah, mit diesem Ungetüm da im immer dichter werdenden Vormittagsverkehr, das war wirklich nicht ungefährlich. Hätten sie nur üben können. Aber gerade das war ja bei so etwas nicht möglich. Sie muß, hier im Fahrtwind, der in der Vormittagssonne schon milder wurde, wieder ihr Nebelgefühl gespürt haben, Wellen. Wie Wellen. Sie fuhren am Stadion vorbei.

Esther hatte den Eindruck, links und rechts der Straße marschierten Kolonnen, Kolonnen von Menschen, die ihre Hände im Genick gefaltet hatten. Sie sah jetzt wieder Polizei, in langen Kordons, und die Leute mit den Händen im Genick marschierten an den visiergeschützten Gesichtern vorbei ins Stadion. Oder jedenfalls stadtwärts. Polizei schrie: los los! Auch vor ihnen, mitten auf der Straße, standen jetzt wieder, unter dem Rotlicht, die beiden Polizisten. Sie hielten ihnen die Handflächen entgegen. Stop!

Nein. Nein! Hoffentlich fuhr Koni gleich wieder an. Grün. Ja. Gut, Koni! Die Polizisten mußten richtig im letzten Moment zur Seite ausweichen. Weiter. Ihr fiel ein, sie mußte ihm noch melden, daß sie durch die Stadtmitte und dann gleich vor die Druckerei führen. Als sie unten war, kapierte Koni sofort.

Jetzt erst wieder Sirenen. Ein weißer Polizeiwagen fuhr vor ihnen her die breite Bieler Straße hinunter. Überall Leute, heraufgewendete Gesichter, Kinder winkten. Und die Lautsprecherstimme. Nur undeutlich hörte Esther, sie und Koni wurden aufgefordert, dem Polizeiwagen zu folgen. Die Distanz zum Wagen wurde größer. Er hielt. Drei Mann standen da, wieder die Stimme: Das Panzerkommando wird ein letztesmal aufgefordert, unseren Anweisungen zu folgen. Drei, dann fünf Beamte wiesen mit ihren blinkenden Stäben in den Parkplatz von C & A.

Esther war ganz ruhig. Koni, sie wußte, würde gradaus weiterfahren. Vorbei. Immer noch mehr Polizei vor ihnen. Wo die plötzlich nur herkamen. Achtung Achtung: Straße frei, sofort Straße freimachen, Schwertransport! Anhalten! Achtung, Achtung, so ging das jetzt, gefährlicher Schwertransport –

Sie fuhren auf die Kreuzung Bielerstraße/Baslerstraße zu. Esther signalisierte, daß sie nach links abbiegen würden. Kein Gegenverkehr mehr. Auch von rechts die Baslerstraße herein kein Verkehr. Der Polizist auf der Mitte der Kreuzung hielt ihnen seinen weißen Stophandschuh entgegen. Langsam, Koni! Rasch kamen sie auf den Mann mit dem weißen Helm da vorn auf seinem Verkehrsinselchen zu. Er war plötzlich unschlüssig, Esther sah es. Jetzt gab er ihnen rasch die Durchfahrt in die Baslerstraße frei. Schon waren sie da, – abdrehen, Koni, schnell! Koni brachte diese 15 Tonnen anscheinend nicht rasch genug vom Tempo herunter. Esther sah noch, wie der Polizist dicht vor ihr mit einem Sprung nach links wegtauchte, – viel zu schnell, Koni, zu schnell! Ganz knapp, wie sie da die Kurve erwischten. Esther wurde erst nach vorn geworfen, dann ein Stoß in den Rücken, als sie die kleine Verkehrssäule überfuhren. Weiter, ein Stückweit noch den linken Straßenrand entlang, dann schräg über die Sicherheitslinie hinüber wieder auf die rechte Fahrbahn und Richtung Bahnhofsbrücke.

Achtung Achtung! War das Herrn Kellers Stimme? Achtung, Lager her! Lager für das Gesindel! Starkstromzäune, Lager. Schon auf hundert Meter Distanz sah sie dicht vor der Brücke die beiden weißen Wagen mit den roten Streifen. Sie waren quergestellt. Zwanzig dreißig Helme, die Polizei trieb Scharen von Leuten von den Trottoirs links und rechts der Brücke in die Seitenstraßen. Aus den quergeparkten Wagen stieg noch immer Polizei aus, die Megaphonstimme überschlug sich. Näher. Nur weiter, Koni, drauf zu. Esther hielt sich fest. Der Aufprall war viel weicher, als sie erwartet hatte. Die beiden Wagen knickten links und rechts weg. Jetzt waren sie schon auf der Brücke. Der Panzer schwebte mit ihnen. Er hob ab. Sie stiegen über die Brücke und die Aare hinaus. Die Stadt schon tief unten, sie zogen mit ihrem langen Lärmschweif drüber hin. Aber da waren sie auch schon drüben. Koni fuhr ganz behutsam die Rechtskurve aus, gleich danach spurte er links ein, kurvte vor den Bahnhof, der Panzer ruckte zweidreimal, blieb stehen. Genau vor sich, auf sechzig Meter Distanz vielleicht, hatten sie die Tagblatt-Druckerei. Rechts den Hauptbahnhof, nebenan die geparkten Wagen und den Taxistand.

Vorn kletterte Polizei von einem Mannschaftswagen. Über die Brücke kam unter seinem Sirenenton noch ein Mannschaftswagen. Dahinter kam der Wasserwerferzug. Ging das jetzt wieder los? Helme da vorn, darunter diese Visiere. Woher wußten sie, wen oder was sie da schützen mußten? Warum schützten sie nicht sie, Esther, und Koni und den Panzer und ihre Zeichensprache und das Veto des Volkes.

Esther schaute sich um. Wie groß der Platz mit seinem Springbrunnen in der Mitte doch war. Wie klein eigentlich hier jetzt doch ihr Panzer. Nur nicht einbrechen, nur jetzt nicht. Wie immer auch alles da ausginge, sie mußten die Aktion zu Ende führen, sie mußten.

In breiter Formation kam die Polizei langsam von vorn auf sie zu. Halt! Esther rief. Halt oder wir schießen. Sie ließ sich auf den Kommandositz hinunter, rutschte von da auf den Richtsitz. Drei Schuß. Sie schaute erst durch den Sehschlitz, dann drückte sie das rechte Auge ans Periskop. Im Fadenkreuz und links und rechts davon die Polizei. Aber sie wagte nicht zu entsichern. Koni kam herauf. Er keuchte.

Fahren wir durch und ins Tagblatt ein! Koni hatte dieses Gesicht, dieses uralte Rammen-Feuern-Töten-Siegen-Sterben-Gesicht.

Esther spürte, wie ihr Herz bis in den Hals herauf schlug. Nein! Überlegen überlegen. Nochmal, ganz ruhig, der Reihe nach.

Das Tagblatt hatte Karl verstümmelt. Das Tagblatt hatte Niks Bild gebracht. Das Tagblatt hatte in H., – ja, das alles konnte sie denken. Aber wieder stoben die Gedanken auseinander wie Fische. Forellen. Achtung Achtung. Sie mußten den Chef des Tagblatts verlangen, jetzt gleich – vielleicht so? Nur, wer war der Chef, wer wirklich? Ging wirklich von ihm die Macht aus? Überlegen. Überhell. War nicht auch der Chef nur wieder einer dieser kaputten Männer, wurde nicht auch er nur wieder gesteuert von einer GmbH oder AG, und dahinter und darüber war einer dieser Konzerne, das hatte sie doch gelernt: das ist eine Tochter- und das ist eine Muttergesellschaft und das sind die Holdings alle? Nein, der Chef, das ging auch nicht. Die Macht hatte kein Gesicht, die Macht, das war dieses riesige Geflecht von Konzernen und Haftung und Holding und Bank und Tochterbetrieben und Lehrer Lanz' Stimme, keine Person mehr, kein Gesicht, nirgends, sie war das Geflecht, das man nicht mehr denken konnte, jetzt nicht. Esther wußte nur, selbst wenn sie jetzt weiter nach Zürich führen mit dem Panzer und den Chef des Konzerns verlangten, den, der wirklich alles steuerte, er wäre nicht zu finden. Alle waren gesteuert. Nachdenken. Überhell denken. Vielleicht, daß in den Zahlen, die sie und Frau Schwarz und Herr Keller und Moser auf der Bank in die Konten buchten, daß in allen diesen Zahlen zwar vielleicht auch nicht die Macht steckte, aber Teile davon steckten drin, die hingen irgendwie – ja, soviel war ihr klar jetzt, sie konnte plötzlich, hier im Panzer und wie sie schon wieder durch den Turm hinaufstieg, ganz überhell denken – die hingen irgendwie zusammen, die vereinigten sich zu immer dichteren Geflechten immer größerer Zahlen, keine Person mehr, kein Verantwortlicher mehr, nur die Zahlengeflechte, sie durchwucherten alles, sie waren das Fremde, von denen ging die Gewalt aus auf alle, auf sie alle, von ihnen gingen am Ende die Befehle aus. Gesteuert, sagte Aschi. Von etwas Fremdem, von etwas Allgemeinem, das ging weit über sie alle hinaus. Wie nur hatte sie das vergessen können.

Vielleicht ahnte sie jetzt, sie hatten hier keine Chance. Sie konnten auch selbst nicht mit den drei Schuß im Trommelmagazin den Chef der Tagblatt-Druckerei zur Übergabe oder dazu zwingen, extra ein Tagblatt zu drucken, worin der Gemeinderat von H. aufgefordert würde, die Freiheit des Lehrers Niklaus Moll und überhaupt die Freiheit wiederherzustellen. Zu zweit, Esther und Koni, ging das nicht.

Vielleicht das eine konnten sie, und sie hatten es mit der Panzerfahrt vom alten Schießplatz bis hierher vor den Bahnhof vielleicht immerhin zum Teil schon erreicht. Oder nicht? Vielleicht?

Noch während ihr das alles durch den Kopf fuhr und während sie sich oben jetzt umschaute, den noch immer näherrückenden Polizeikordon vor sich, den Bahnhofplatz weit ringsum, diese Stille plötzlich und nur Konis Gesicht von unten her und seine Stimme: Wir müssen, Esthi, schnell! jetzt auch die Frage: wo sind die Leute, warum kommen, warum strömen sie nicht hierher zusammen aus ihren Wohnungen und Büros hierher und wir könnten, zusammen, zusammen und gemeinsam wär's zu schaffen? Warum kamen sie nicht? Hatten sie denn nicht gesehen, daß sie beide, hier mit dem Panzer, ein Zeichen waren für den Aufstand des Volkes?

Auch das Äußerste noch, auch das Pathetische beschreiben. Noch das Ende beschreiben und behaupten: Halt. Halt! Sie rief's der Polizei entgegen. Mochte die Megaphonstimme. Sie schaute sich um. Ja. Dort waren ja die Leute, und dort drüben auch, hinter Polizeikordons, alle Zugänge zum Platz, alle Straßen waren schwarz von den Leuten. Abgesperrt, aber da. Auch im Hauptausgang aus dem Bahnhof, Hunderte von Gesichtern, die schauten über die Polizeischultern herüber. Sie schwiegen.

Diese wattige Stille. Esther hob die Hand. Die Polizeikette gradaus vorn blieb stehen. So laut sie nur konnte, damit alle sie hörten, rief sie über den Platz hin, und der Schweiß und die Angsthitze überströmten sie: Der Lehrer Niklaus Moll, rief sie, der ist mein Bruder, versteht ihr, rief sie, der darf nicht mal, und noch im Rufen wußte sie natürlich, daß sie vor soviel Leuten nicht reden konnte, und rief dennoch mit ihrer jetzt überhellen Stimme: Nur wegen dieser Demonstration? Versteht ihr das? Wo ist noch die Freiheit? Leute, alle Leute, kommt her, gemeinsam, das Veto des Volkes –

Sie erschrak. Das brachte sie draus, daß die Kanone vor ihr sich hob. Der kurbelte doch wahrhaftig am Elevator da unten. Koni!

Die Polizei vor ihr setzte sich wieder in Marsch auf sie zu, und da kamen auch zwei drei fünf Gasgranaten geflogen, Achtung Achtung, und da sah sie den Blitz vorn unter der Kanone, drei Schuß wie einer. Das knallte. Das fegte über die Helme ins Tagblattgebäude. Die Polizei stob auseinander. Der Panzer ruckte, fuhr an. Koni, Koni! Aber niemand mehr konnte in diesem Rauch und Gedröhn Esther hören. Wellen. Rauch um sie her, der biß in die Augen. Der Panzer fuhr gradaus, immer schneller. Sie hielt die Augen zusammengepreßt. Sie klammerte sich an den Rand des Kommandoturms. Sie wußte, das Alte, das Fremde, es hatte Koni überwältigt. Sekundenlang Nik's Stimme jetzt noch: Das kippt in dir, plötzlich, da kannst du dagegen nichts tun –

Sie fuhren, noch immer schneller jetzt, ins Tagblatt ein. Ohgott und Himmel. Dann, in voller Fahrt, prallte der Panzer die drei Stufen aufwärts und in die hohen Glaswände des Portals, in die Mauerpfosten, das splitterte. Der Schlag des Lukenrands vor die Brust verschlug Esther den Atem. Dann war alles weich, sie segelten durch Wellen, und das Rauschen war da, immer lauter, lauter, von Wasserfällen, von Wäldern.

Das für unseren Verstand schon vielleicht Sinnlose von Esthers ungeheuerlicher Aktion mit Koni und seinem von Brombeerschlingen noch immer umrankten Panzer bis zum Ende erzählen. Diese Geschichte von Esthers Liebe zur Freiheit aller Leute sich zum Ende, dem vorläufigen, neigen lassen mit dem Polizisten, der den gar nicht schweren Körper einer sehr jungen, vielleicht nur bewußtlosen Frau vor sich jetzt hertrug zum Ambulanzwagen hinüber. Mit fernen Bravorufen, vereinzelt aus den Zuschauerscharen hinter den Absperrungen. Mit Koni, der neben dem Polizisten herging, dicht neben Esthers noch immer im Pyjama steckenden Beinen, ond wiener emmer weder gseit hed oder sagte: Esther, verwach – körsch mi, du, hörst mich – hei, Esthi, verwach –

Oberbipp, Sommer 78/Januar 79

Otto F. Walter

Die Romane «Der Stumme», «Herr Tourel», «Die ersten Unruhen» und «Die Verwilderung» sind durch ihren Schauplatz, die fiktive Stadt und Region Jammers, miteinander verbunden; sie bilden zusammen die «Jammers»-Tetralogie.

Der Stumme

Roman
rororo Band 1688

Auf einer Straßenbaustelle in den abgelegenen Wäldern des Schweizer Jura spielt sich der erregende Konflikt zwischen dem mit Stummheit geschlagenen Sohn des alten Sprengtruppführers Ferro und seinem schuldigen Vater ab.

«Spannend im besten Sinne»
Frankfurter Allgemeine Zeitung

Herr Tourel

Roman
rororo Band 1847

Die fiktive Jurastadt Jammers wird von dem phantastisch verschachtelten Riesenbau eines Zementwerks überschattet ...

«Ein Roman, der zur Weltliteratur gehören wird.»
Walter Widmer

Die ersten Unruhen

Ein Konzept
204 Seiten. Geb.

«Was die Eigenkraft der Erzählpartikel in diesem Buch angeht, ist sie ebenso überzeugend, wie es die Komposition ist. Brillant gemacht das eine wie das andere: spannend, lebendig, kontrastreich, überaus pointiert. Doch das Entscheidende ist etwas anderes: nicht so sehr die virtuose Handhabung eines Schemas als vielmehr seine konsequente Humanisierung.»

Günter Blöcker, Süddeutsche Zeitung

Die Verwilderung

Roman

3. Auflage. 282 Seiten. Geb.

[ab November 79 als rororo Taschenbuch Band 4452]

«Otto F. Walter hätte spätestens seit seinem 1972 erschienenen Roman ‹Die ersten Unruhen› als einer der ganz wenigen deutschsprachigen Autoren erkannt und gewürdigt werden müssen, die Ernst machen mit einem Erzählen, das weder ins Private noch ins Pseudo-Mythologische ausweicht, sondern entschlossen ist, es mit den Problemen unseres Hier und Heute aufzunehmen. ... Das bringt neue Ansprüche mit sich, schafft aber auch eine neue erzählerische Totalität: Walters Buch ist nicht nur ein hochaktueller politischer Roman, es enthält auch eine bewegende Liebesgeschichte.»

Günter Blöcker, Frankfurter Allgemeine Zeitung

«Im Entwurf seiner Utopie versucht Walter Unmögliches gerade in der Konzeption menschlicher Beziehungen – aber wie großartig ist die Anstrengung, Unvereinbares zu verbinden: das Wissen, daß alle tiefe Liebe Dauer will und daß sie sich doch nicht verträgt mit der Fesselung des Partners .... Ein Entwurf neuer Lebensformen, in denen sich persönliche Freiheit mit wirtschaftlicher Unabhängigkeit verbindet.»

Elsbeth Pulver, Schweizer Monatshefte

«Bis hin zu seinem doppelten Schluß ist Otto F. Walters Roman exemplarisch dafür, wie heute Realität erzählend noch erreicht werden kann. Wie wohl kein anderer neuerer Roman stellt er die Spannung her zwischen dem Besonderen einer bestimmten Geschichte, einer Liebesgeschichte, und dem Allgemeinen der Strukturen einer Gesellschaft.»

Heinrich Vormweg, Merkur

Walter Schenker

Professor Gifter

Roman

224 Seiten. Brosch.

Walt Joe Gifter, der Titelheld dieses Buches, zieht genüßlich Bilanz und erzählt mit trockenem, bisweilen bissigem Humor die Geschichte seiner erstaunlichen Karriere: seinen Weg aus dem Slum der kleinen englischen Industriestadt Blackstone auf den Lehrstuhl der Chinesischen Universität von Hongkong.
Die Geschichte eines präzis geplanten und exakt absolvierten Aufstiegs, vor allem die Geschichte einer perfekten Anpassung.

«Was den literarischen Gehalt des Buches ausmacht, so gelingt es Schenker wie ohne Anstrengung, die Sprache des Erzählens durchzuhalten. Das Mittel der Sprache ist Ironie; vielfältig gebrochen, läßt diese das Geschehen in der nötigen Distanz.»

Neue Zürcher Zeitung

Rowohlt